ハヤカワ・ミステリ文庫
〈HM470-1〉

# その雪と血を

ジョー・ネスボ
鈴木 恵訳



早川書房

*8276*

BLOOD ON SNOW
by
Jo Nesbø

Translated by
Megumi Suzuki
Published 2018 in Japan by
HAYAKAWA PUBLISHING, INC.
This book is published in Japan by
arrangement with
SALOMONSSON AGENCY
through JAPAN UNI AGENCY, INC., TOKYO.

# その雪と血を

登場人物

オーラヴ・ヨハンセン……殺し屋

マリア……………………スーパーマーケットの店員

ダニエル・ホフマン………麻薬業者。オーラヴの雇主

コリナ……………………ホフマンの妻

《漁師》…………………ホフマンのライバル業者

クライン…………………《漁師》の手下

# 1

綿のような雪が街灯の光の中を舞っていた。舞いあがるとも舞いおりるともつかずに、オスロ・フィヨルドをおおう広大な闇から吹きこんでくる身を切るような寒風に、あてどもなく身をゆだねている。風と雪はいっしょになって、人けのない夜の波止場の倉庫街の暗闇でくるくると渦を巻いたが、やがて風はそれに飽きてダンスの相手を放り出した。乾いた雪は壁ぎわに吹きつけられて、おれがいま胸と首を撃ったばかりの男の靴のまわりに舞いおりた。

血がシャツの裾《すそ》から雪にしたたっていた。雪のことには詳しくないが――いや、それを言うならほかのことにもだが――ものの本によれば、気温が本当に低いと、できる雪の結晶は、ぎしぎしと音を立てる重く湿った雪のそれとはまったく異なるらしい。その結晶の形と乾燥状態が、血中のヘモグロビンを濃い赤のままに保つのだという。どちらにしろ男の足もとの雪は、おふくろがよく読んでくれたノルウェーの昔話の挿絵にあったような、王のローブを連想させた。紫の地に白貂《しろてん》の毛皮の縁取りをしたローブだ。おふくろはお伽話《とぎばなし》や王さまが好きだった。だからおれに王の名前をつけたのだろう。《アフテンポステン》紙によると、この寒さが新年までつづけば、一九七七年は戦後もっとも寒い年になるらしく、しばらく前から科学者が予言している新たな氷河時代の始まりとして記憶されることになるという。だが、おれに何がわかる？　わかるのは、眼の前に立っている男がまもなく死ぬということだけだ。体の震えぐあいからして、それはまちがいない。そいつは《漁師》の手下のひとりだった。別に恨《うら》みはないんだ。おれがそう言ったとき、そいつは壁にずるずると血の痕《あと》を残して倒れた。おれだったら、恨みがあって撃たれるほうがいい。恨みはないと言ったのは、そいつに化けて出られると困るからではない。幽霊なんかおれは信じていない。ほかに言うことを思いつかなかったからだ。もちろん黙っていてもよかった。いつもはそうしている。急におしゃべりになったのにはわけがあるにちがいない。あと数日でクリスマスだからだろうか。クリスマスの前後には人恋しくなるものだという話を聞いたことがある。だが、おれに何がわかる？

おれはその血が雪の表面で凍りつくだろうと思った。表面で固まるだろうと。ところが雪は、したたった血を吸いこんで、何か使い途《みち》でもあるかのように、奥へ隠してしまった。帰りの道を歩きながら、その吹きだまりから雪だるまが起きあがってくるところを想像した。死人のように白いその雪の肌の下に、血管がくっきりと見えるところを。アパートへもどる途中で電話ボックスからダニエル・ホフマンに電話し、仕事がすんだことを伝えた。

ホフマンはご苦労と答えた。例によって何も尋ねなかった。この四年のあいだに、始末屋として働いてきたおれを信頼するようになったのか、でなければ知りたくないのか、どちらかだ。仕事がすんだ以上、ホフマンのような男はそんなことに頭を悩ませたりしないのだろう。面倒を減らすために金を払っているのだから。あしたオフィスへ来てくれと、そう言った。新しい仕事があると。

「新しい仕事?」心臓がどきりとした。

「ああ。新しい依頼だよ」ホフマンは言った。

「なんだ。わかりました」

ほっとして電話を切った。おれは請負殺人しかやらない。そのぐらいしか使いものにならないのだ。

おれにはできないことが四つある。ひとつは逃走車の運転だ。車を飛ばすことはできる。それは問題ないのだが、目立たないように運転することができない。逃走車を運転するのなら、どちらもできる必要がある。路上のほかの車と同じに見えるように運転できる必要が。それができなかったばかりに、ほかのふたりとともに刑務所送りになった。森へはいったり本道へ出たりしながら猛スピードでつっ走って、スウェーデンとの国境から数キロのところまで来たときには、とうのむかしに追っ手をまいていた。そこでスピードを落とし、日曜のドライブを楽しむ年寄りのようにのんびりと遵法《じゅんぽう》走行をしていた。それなのにパトロールカーに停められた。あとで聞いた話だと、警官たちはその車が強盗に使われたものだとは思いもしなかったという。おまえはスピードを出しすぎてもいなければ、交通違反を犯《おか》してもいなかった。問題は運転のしかただったんだ。そいつらはそう言った。どういうことなのかおれにはさっぱりわからないが、怪《あや》しかったのだという。

強盗もおれにはできない。ものの本によると、強盗に遭《あ》ったことのある銀行員の半数以上がその後、精神に問題を抱えるようになるという。一生回復しないやつもいるらしい。おれたちが押しいった郵便局のカウンターのむこうにいた老人は、なぜか一瞬でおかしくなった。おれのショットガンの銃口がなんとなくその老人のほうへ向いただけで、いかれてしまったのだ。翌日の新聞で、そいつが精神に異常をきたしたのを知った。たいした症状ではなかったとはいえ、頭がおかしくなりたいやつなんかいない。おれは病院へ見舞いにいった。もちろんむこうはおれを憶えてなどいなかった——郵便局ではサンタクロースの仮面をかぶっていたのだから（変装としては完璧だ。サンタクロースの格好をした三人組が郵便局から袋をかついで駆け出してきても、クリスマスの買い物客は誰も気にしたりしない）。おれは病室の入口に立って老人を見た。老人は《階級闘争》紙を読んでいた。共産主義新聞を。おれは個々の共産主義者に反感は持っていない。いやまあ、持っているのかもしれないが、持ちたいわけではない。まちがっていると思うだけだ。だからその老人が《階級闘争》を読んでいるのを見て、気分がだいぶ楽になったのに気づいたときには、ちょっぴり罪悪感を覚えた。いやもちろん、ちょっぴり覚えるのと大いに覚えるのでは雲泥の差があるし、気分も、いま言ったように、だいぶ楽になった。だが強盗はやめた。次も共産主義者だとはかぎらない。

ドラッグがらみの仕事もできない。それが三番目だ。とにかく無理なのだ。代金をためている連中から金を取り立てられないわけではない。ジャンキーどもなど自業自得だし、過ちの報《むく》いは受けるべきだと思う。単純に。問題はおれが、おふくろにも言われたことがあるのだが、意志薄弱だということだ。おふくろはおれの中に自分を見ていたのだろう。とにかく、おれはドラッグからしっかりと距離をおく必要がある。おふくろと同じで、依存するものを探してしまう人間なのだ。宗教、ボス、兄貴タイプの人間。酒にドラッグ。おまけに計算もできない。集中力を失わずに十まで数えることもろくにできないのだ。そんなやつがドラッグを売ったりツケを取り立てたりしようなんてのは馬鹿げている。それはもう火を見るより明らかだ。

さて。最後のひとつ。売春。これも似たようなものだ。おれは女がどんな方法で金を稼《かせ》ごうとかまわないし、女が現場の仕事に集中できるように男に――たとえばおれに――あがりの三分の一を払って問題を処理してもらうことにも抵抗はない。優秀なポン引きには金を払うだけの価値があると、むかしから思っている。問題はおれがすぐに女に惚《ほ》れてしまい、商売を商売として見られなくなるということだ。それに、惚れていようがいまいが、女を揺すったり、ひっぱたいたり、おどしたりすることもうまくできない。よくわからないが、おふくろと関係があるのかもしれない。だからほかのやつらが女を殴っているのを見ると、我慢できなくなるのだろう。何かがぷつりと切れるのだ。たとえばマリアのときのように。マリアは聾唖《ろうあ》者《しゃ》で、しかも片脚が悪い。このふたつにどんな関係があるのか知らないが(ないだろうが)、いったん悪い手が来たら、次々に悪いカードを引くようになるのとどこか似ている。だからまぬけなジャンキーなんかをボーイフレンドにするはめになったのだろう。ボーイフレンドはミリエルなどというフランス風の洒落《しゃれ》た名字を持っていたが、ホフマンにドラッグ代を一万三千クローネ借りていた。おれが初めてマリアを見たのは、ホフマンのポン引き頭《がしら》のピーネが、リッデルホールの正面の石段に座って泣いている娘を指さしてみせたときだ。手縫いのオーバーを着て髪を団子にまとめ、修道院から出てきたばかりのような形《なり》をしていた。あの女はボーイフレンドの借金を体で返すことになってるんだ、とピーネは言った。おれは簡単なところから始めさせるのがいちばんだと思った。とりあえず手こきから。ところがマリアは最初に乗りこんだ車から、ものの十秒もしないうちに飛び出してきた。涙をぼろぼろこぼして立っている彼女を、ピーネは怒鳴《どな》りつけた。大声でわめけば聾啞の彼女にも聞こえると思ったのかもしれない。もしかするとそのせいだろうか——その怒声の。そしておふくろの。とにかく、おれの中で何かがぷつりと切れた。ピーネがばかでかい音波で彼女に何を理解させようとしているのかはわかったが、おれはピーネを殴りたおした。自分の上役を。それからマリアを空《あ》き家になっているアパートへ連れていき、ホフマンのところへ行って、自分はポン引きとしても使いものにならないと伝えた。

だが、ホフマンは言った。借金を返さないやつを放置しておくわけにはいかない。そういうことはすぐにほかの連中にも——もっと大口の顧客にも広がると。それにはおれも同意せざるをえなかった。そこで、ピーネとホフマンがボーイフレンドの借金を愚《おろ》かにもかぶってしまったマリアを捜しているのを承知のうえで、そのフランス人を捜しにいき、ファーゲルボルグの空き家でとっつかまえた。だが、そいつはドラッグでぼろぼろのうえに、からっけつで、逆さに振っても一クローネも出てこなかった。おれはそいつに、こんどマリアに近づこうとしたらその鼻を脳にたたきこむぞと言いわたした。正直なところ、鼻も脳ももはやろくに残っているとは思えなかったが。それからホフマンのところへもどり、ボーイフレンドが金を工面してきたと言って一万三千クローネを渡し、これでもう女は捜さなくてもいいですよねと言った。

男と暮らしているあいだにマリアがドラッグをやっていたのかどうか、彼女が依存するものを求める女だったのかどうか、それはわからない。だが、いまはとにかくやっていないようだった。小さなスーパーマーケットで働いていて、おれはたびたび様子を見にいっては、問題なくやっていることを確かめた。ジャンキーのボーイフレンドが現われて、またもや彼女の暮らしをめちゃめちゃにしてはいないことを。もちろんマリアには姿を見られないように気をつけた。外の暗闇から明るい店内をのぞいて、レジの前に座った彼女が商品を袋に詰めたり、客に話しかけられるとほかの店員を指さしたりするのを、見つめていたにすぎない。ときどき思うのだが、人間というのは親に負けない生き方をしていると感じる必要があるのではなかろうか。親父におれの手本になるようなところがあったとは思えないので、これはたぶんおふくろのことだ。おふくろは自分より他人の面倒を見るほうが得意だったから、当時のおれはそれをある種の理想のようにとらえていたのだと思う。確信はないが。まあとにかく、ホフマンのところで稼いでいる金に、ろくな使い途があるわけでもなかった。だったら、こんなみじめな手を配られた娘に、一枚ぐらいまともなカードを配ってやってもいいではないか。

まあとにかく、手短かにまとめれば——おれは車をゆっくり運転するのがへたで、あまりに意志が弱く、あまりに惚れっぽく、かっとすると我を忘れ、計算が苦手だ。ものは少しばかり読むが、知識はろくにないし、使えるやつだと思われるような人間ではまったくない。そのうえ、おれがものを書くよりは、鍾乳石《しょうにゅうせき》が成長するほうが速い。ではダニエル・ホフマンみたいな男にとって、おれはいったいどんな使い途があるのか？

答えはもうわかっているだろうが、始末屋だ。

それなら運転はしなくていいし、殺すのは殺されて当然の連中ばかりだし、計算もかならずしも難しくない。いまのところは、まあ。

だが、計算はもうひとつある。

初めからずっと頭の中でかちかちと音を立てている計算――はたしていつおれはボスのことを知りすぎてしまい、ボスが不安を覚えはじめるのか？　そしていつボスは始末《く》屋を始末すべきだろうかと考えはじめるのか？　クロゴケグモのように。おれは別に蜘蛛《もるい》類学とかなんとかいうやつに詳しいわけではないが、たしかクロゴケグモの雌は雄よりはるかに体が大きい。雌は雄に交尾をさせてやり、雄が果てると、そいつにはもう用がないので、食べてしまうのだという。オスロのダイクマン公共図書館にある『生き物の王国４　昆虫と蜘蛛』には、自分の性器からまだ、食いちぎった雄の脚鬚《きゃくしゅ》（要するに蜘蛛のチンポコみたいなもの）をぶらさげたままの、雌の写真がのっている。そしてその腹には、血のように赤い砂時計形の模様も見える。その砂時計が刻々と砂を落としているのだから、さかりのついた哀れでちっぽけな雄蜘蛛よ、おまえは割りあてられた訪問時間を守らなくてはならない。というより、もっと正確に言えば、訪問時間がいつ切れるのかを知る必要がある。時間切れになったらすぐにそこから逃げだせ。何があろうと、脇腹に弾《たま》を食らおうと――とにかく逃げろ。自分を救ってくれる唯一のもののところへ。

そんなふうにおれは考えていた。やることはやっても、近づきすぎるなと。

だからホフマンがくれた新しい仕事のことでは、ひどく不安になった。

ホフマン自身の妻を始末してくれと言われたのだ。

## 2

「押しこみのように見せかけてほしいんだ、オーラヴ」

「なぜです?」おれは訊いた。

「別のものに見える必要があるからだよ、実際のとおりにじゃなくて。警察は一般市民が殺されるとかならず色めきたつ。捜査に少しばかり力を入れすぎる。しかも愛人のいる女が死体で見つかれば、どうしたって亭主が怪しいわな。それはもちろん、九十パーセントの事例においちゃ文句なしに正しい」

「七十四パーセントです、サー」

「なんだと?」

「そう書いてあるのを読みました、サー」

わかっている。ノルウェーでは相手がどんなに偉くとも、〝サー〟などと呼んだりはしない。王室は例外だが、王室の人々は〝殿下〟と呼ばれる。ダニエル・ホフマンもそう呼ばれたほうが、きっとうれしがるだろう。サーという敬称はホフマンがイギリスから革張りのソファと、赤いマホガニーの書棚、革装の本とともに持ちこんだものだ。本は読まれた形跡もなくページが黄ばんでいる。おそらく英文学の古典だろうが、おれには知りようがない。わかるのはディケンズ、ブロンテ、オースティンなど、おなじみの名前だけだ。なんにせよ、死んだ作家たちのせいでホフマンのオフィスの空気はすっかり乾燥していて、そこを訪ねたあとはいつもごほごほと、微細な肺細胞を吐き出すはめになる。

イギリスの何がホフマンをそこまで惹《ひ》きつけたのか知らないが、イギリスに短期間留学したあと、ホフマンはツイードのスーツを詰めこんだスーツケースと、野心と、ノルウェー訛《なま》りのきざなオックスフォード・イングリッシュを身につけて帰国した。学位も証書もなく。金がすべてだという信念と、商売で成功するつもりなら競争相手のもっとも弱い市場に集中すべしという信念だけを胸に。それはすなわち当時のオスロでは売春だった。実際ホフマンの分析はその程度のものだったと思う。ペテン師とぼんくらとアマチュアが牛耳《ぎゅうじ》っている市場なら、なみの男でも一城の主になれると踏んだのだ。問題は、女を誘いこんでは売春に送り出すのに必要な倫理的柔軟性が自分にあるかどうかだけだった。ダニエル・ホフマンはじっくりと考えたすえ、自分にはそれがあると結論した。

数年後、商売をヘロイン市場に広げたときにはもう、自分を成功者だと見なしていた。当時のオスロのヘロイン市場は、ペテン師とぼんくらとアマチュアが、ジャンキーとともに牛耳っていたし、ホフマンには他人をドラッグ地獄へ落とすだけの倫理的柔軟性もあったので、ここでも成功者になった。いま直面している唯一の問題は《漁師》だ。《漁師》は最近ヘロイン市場に進出してきた競争相手で、ぼんくらではないことがわかっている。オスロにはふたりで山分けできるほどの依存者がいたが、ふたりはたがいを地球上から抹殺《まっさつ》しようと躍起になっていた。なぜか？　まあたぶん、どちらもおれのような隷従《れいじゅう》の才を授からなかったからだろう。自分がお山の大将にならなければ気のすまないそういう手合いが、妻の不貞を知ったら、話は少しばかり厄介になる。何かを見て見ぬふりができるようになれば、そして女房の浮気のひとつやふたつ大目に見られるようになれば、世のダニエル・ホフマンたちも、もっと単純な人生を送れるだろうに。

「クリスマスのあいだは休暇を取ろうと思ってたんです」とおれは言った。「誰かを誘って、しばらくどこかへ行こうかと」

「ふたり旅か？　おまえにそんな親しい知り合いはいないと思ってたがな。おまえのそこがおれは気にいってるんだぞ。秘密を漏らす相手のいないところが」ホフマンはにっこりして葉巻の灰をぽんと落とした。おれはびびらなかった——いまのは他意のない言葉だ。葉巻の帯には〝コイーバ〟と記されていた。葉巻というのは世紀の変わり目の西半球ではもっともありふれたクリスマス・プレゼントだったと、何かで読んだことがある。葉巻を贈るのはどうだろう？　だが、おれは彼女が喫煙者かどうかさえ知らない。少なくとも仕事中に吸っているのは見たことがない。

「まだ誘ってはいませんが。でも——」

「いつもの五倍払う」とホフマンは言った。「それならおまえ、仕事がすんでからその相手を、その気になりゃいつまでだってクリスマス休暇に連れていけるだろうが」

おれは計算しようとした。だが、前にも言ったように、計算はまったくだめなのだ。

「これが住所だ」とホフマンは言った。

ホフマンがどこに住んでいるかも知らずに、おれは四年も彼のもとで働いてきたのだ。だが、知っている必要も特にない。むこうもおれがどこに住んでいるのか知らない。それにおれはホフマンの新しい妻に会ったこともない。あれはいい女だぜ、とピーネが言うのを聞いたことがあるだけだ。あんな女を街に立たせりゃ、どれだけ荒稼ぎできることか、と。

「あいつはほぼ一日じゅう、ひとりきりで家にいる」ホフマンは言った。「とにかくおれにはそう言ってる。やりかたはおまえの好きにしてくれ。まかせる。おれは知らなけりゃ知らないほうがいい。わかったか？」

おれはうなずいた。知らなけりゃ知らないだけいい、だ。

「オーラヴ？」

「わかりました、サー」

「よし」

「あしたまで考えさせてください」

ホフマンはきれいに手入れされた眉を片方だけ持ちあげた。進化とかそういうことにおれは詳しくないが、ダーウィンはたしか、人間が感情を表わす表情は六つしかないと言ったはずだ。ホフマンに人間の感情が六つもあるかどうかはともかく、片眉をあげることで伝えようとしているのは、あんぐりと口をあけることで伝えようとするものとは正反対の、内省と知性に結びついた軽いいらだちだったと思う。

「おれはもう内容を話したんだぞ。なのに、そのあとでおまえは、断わるかどうか考えるのか？」

かすかにおどしがこもっていた。いや、かすかだったとしたら、おれは気づかなかったはずだ。人の口調にこめられた含みやほのめかしを聞きとることにかけては、おれの耳はまったく役に立たない。だからおどしは歴然としていたと考えていい。ダニエル・ホフマンは澄んだ青い眼と黒い睫毛《まつげ》のもちぬしだった。彼が若い娘だったら、おれはそれを化粧だと思っただろう。なんでこんな話をしているのか自分でもわからない。なんの関係もないのに。

「おれが答える暇もないうちにボスが話してしまったんですよ」とおれは言った。「今日じゅうに返事をします、それでいいですか?」

ホフマンはおれを見て、葉巻の煙をこちらへふうっと吐いた。おれは膝に手を置いて座っていた。持ってもいない労働者の帽子をいじりながら。

「六時までだぞ」とホフマンは言った。「六時になったら帰るからな」

おれはうなずいた。

吹雪《ふぶき》の街を歩いて家に帰るあいだに四時になった。ほんの数時間の薄暗い昼が終わって、街にふたたび闇がおりてきた。風はまだ強く、暗い街角でひゅうひゅうと気味の悪い音を立てていた。だが、さっきも言ったように、おれは幽霊など信じない。雪がブーツの下でざくざくと、埃《ほこり》をかぶった古い本の背が折れるような音を立てたが、おれは考えごとをしていた。いつものおれなら考えごとなど避けようとする。練習してもおれには進歩の望める分野ではないし、いい結果にはまずならないことも経験からわかっている。それなのにまた、あのふたつめの計算を考えていた。

今回の仕事自体は別にかまわないはずだ。これまでにやってきたほかの仕事より、はっきり言って楽だろう。女が死ぬことになるのも別にかまわない。さっきも言ったように、人は誰でも、男でも女でも、過ちを犯したら結果を受けいれるしかない。それより気になるのは、仕事がすんだあと何が起こるかだ。おれがダニエル・ホフマンの妻を始末した男になったとき。すべてを知っている男、警察が捜査を始めたらホフマンの運命を決する力を持つ男になったときに。それは他人に服従できない人物への支配力を持つということだ。しかもホフマンはいつもの料金の五倍もおれに支払わなければならない。通常より簡単な仕事になぜそんな金を払うのか？

武器をどっさり身につけた疑りぶかい四人の凶悪犯を相手に、ポーカーをやっているような気分だった。しかもこちらは、ちょうどエースが四枚そろったところ。いい話というやつは、ありえないほどいい話だと、悪い話になることもある。

わかっている。利口なプレーヤーならここはおりて負けを払い、次回はもっといい、もっと穏当な手が来ることを期待する。だがおれの場合は、もはやおりるには遅すぎた。ホフマンは妻の殺人計画を、実行するのがおれだろうがほかのやつだろうが、かまわず進めるにきまっている。

自分がどこへ来ていたのかに気づいて、おれは明るい店内をのぞいた。彼女はおふくろがよくやっていたように、髪を団子にまとめていた。話しかけてくる客に笑顔でうなずいている。聾唖者だということはみんな知っているのだろう。「よいクリスマスを」と声をかけたり、「ありがとう」と言ったりしている。誰もが交わすような型どおりの挨拶だ。

いつもの五倍。いつまでだってクリスマス休暇。

# 3

ビグドイ通りのホフマンのアパートのまむかいにある、小さなホテルに部屋をひとつとった。妻の行動を何日か監視して、夫が仕事に出ているあいだに外出したり客を呼んだりするのか、確かめるつもりだった。愛人が誰なのかつきとめることに関心があったわけではない。襲うのにもっとも適した、もっとも危険の少ない時間。妻が家にひとりきりでいて、誰も訪ねてきそうにない時間。それを割り出すのが目的だった。

見張りには申し分のない部屋だった。コリナ・ホフマンの出入りをチェックできるばかりか、室内で何をしているのかもわかった。カーテンを閉めたりはしないらしい。たいていの人々はそうだ。この街にはさえぎらなければならない日射しもないし、外にいる連中は寒いところに突っ立って中をのぞくことより、暖かいところへはいることのほうに関心がある。

最初の数時間は誰の姿も見えなかった。明かりのともるリビングルームだけ。ホフマン夫妻はあまり電気を節約しないようだ。家具はイギリス風ではなく、むしろフランス風に見えた。ことに部屋のまん中にある、片側にしか背のないへんてこなソファなどは。フランス語でシェーズ・ロングというやつだろう。フランス語の教師がおれをだましていなければ、長椅子という意味だ。ごてごてした非対称の彫刻と、自然の風景を刺繡《ししゅう》した生地《きじ》。おふくろの美術史の本によればロココだが、案外、ノルウェーの片田舎で地元の職人によって作られ、伝統的スタイルで塗装されたということもありうる。いずれにしろ若い人間が選ぶような家具ではないから、ホフマンの先妻が選んだのだろう。ピーネの話だと、ホフマンは先妻が五十になった年に彼女を追い出したらしい。なぜかといえば、五十になったからだ。息子がすでに家を出ていて、先妻はもはやホフマンの家でなんの役割も果たしていなかったからでもある。しかも、ピーネによれば、ホフマンはこれをすべて本人に面と向かって言い、本人もそれを受けいれたのだという。海辺のアパートと百五十万クローネの小切手とともに。

暇をつぶすために、書きかけの紙を取り出した。ただの落書きだ。というか、まあ、手紙のようなものだろう。誰なのかわからない相手への手紙だ。いや、わかっているのかもしれない。だが、おれは書くことがあまり得意ではないから、まちがいがたくさんあった。消さなければならないところが。正直に言うと、膨大《ぼうだい》な紙とインクを費やしてやっとここまで書いてきたのだ。それに今回は考えがなかなかまとまらず、結局、紙を置いて煙草《たばこ》に火をつけ、空想にふけりはじめた。

さっきも言ったように、ホフマンの家族には会ったことがないが、その部屋に座って通りのむかいのアパートをのぞいていると、姿を思い浮かべることができた。他人の暮らしをのぞき見するのは好きだった。むかしからそうだ。だからいつもやっているように、そこで繰りひろげられる家族の暮らしを空想した。学校から帰ってきた九歳の息子がリビングルームに座って、図書館から借りてきた初めての本を読んでいる。母親は小声で歌を口ずさみながら、キッチンで夕食のしたくをしている。玄関で物音がして、母親と息子がちょっと緊張する。それからホールで「ただいま!」と朗《ほが》らかな声がして、ふたりは緊張を解《と》き、いそいそと迎えにでていって父親を抱きしめる。

そうやって幸福なもの思いにふけっていると、コリナ・ホフマンが寝室からリビングルームにはいってきて、すべてが一変した。

照明も。

体温も。

計算も。

その日の午後は、スーパーマーケットには行かなかった。ときどきやるようにマリアを待つことも、安全な距離をたもって地下鉄まで尾《つ》けていくことも、車輛《しゃりょう》の中央の人混みにまぎれてすぐ後ろに立つこともしなかった。彼女は席が空いていてもそこに立っているのが好きだったが、おれはその日の午後は、その後ろに変質者みたいに立ちもしなかったし、自分にしか聞こえないことを彼女にささやきかけもしなかった。

その日の午後は暗い部屋に座って、通りのむこうの女をうっとりと見つめていた。コリナ・ホフマンを。言いたいことは好きなだけ大声で言えた——誰にもおれの声は聞こえなかった。それに女を後ろから見ていなくてもよかった。ありもしない美をそこに見てしまうほどじっと髪を見つめていなくても。

綱渡り師。コリナ・ホフマンが部屋にはいってきたとき、おれはまずそう思った。白いテリークロスの化粧着をまとい、猫のような足取りではいってきたのだ。といっても、猫みたいにのんびりと歩いてきたという意味ではない。猫や駱駝《らくだ》は片側の脚を両方とも動かしてから反対側を動かすらしい。だからのんびりした歩き方になる。だが、おれの言っている猫のような足取りとは、爪先で歩くという意味であり、前の足と同じ場所に後ろの足を置くという意味だ。おれの理解が正しければ、猫はそんなふうに歩く。コリナはまさにそれをやっていた。足首を伸ばして爪先から素足をおろし、その足のすぐ前に次の足をおろすのだ。綱渡り師のように。ブリジット・バルドー風の唇も、くしゃくしゃになったつややかなブロンドの髪も。化粧着のゆったりした袖《そで》からのぞくすらりとした細い腕も、歩いたり呼吸をしたりするのに合わせて揺れる柔らかな乳房も。その腕や、顔や、乳房や、脚の、白い白い肌も。その白さときたら、まるで日射しを浴びてきらめく雪のようで、数時間で雪眼になりそうだった。要するに、おれはコリナ・ホフマンのすべてが気にいった。名字をのぞくすべてが。

彼女は退屈しているようだった。コーヒーを飲み、電話でおしゃべりをした。雑誌をめくったが、新聞には眼もくれなかった。浴室へ姿を消し、ふたたび現われても、まだ化粧着を着ていた。レコードをかけ、曲に合わせて気のないようすで踊った。スイングジャズのようだった。何かを食べた。それから時計を見た。六時近かった。ドレスに着替え、髪をととのえ、別のレコードをかけた。おれは窓をあけて耳をこらしてみたが、車の往来がありすぎた。そこでこんどは双眼鏡を手にして、テーブルに置かれたジャケットに焦点を合わせてみた。表に見えるのは作曲家の肖像のようだった。アントニオ・ルーチョ・ヴィヴァルディ? なんだそれは? 早い話が、六時十五分に帰宅したダニエル・ホフマンを迎えた女は、おれが一日じゅうながめていた女とはまるで別人になっていたということだ。

ふたりは相手を避けた。相手に触れなかった。話しかけなかった。どちらもマイナスに荷電して反発しあうふたつの電子のようだった。だが、最後は同じ寝室のドアのむこうへ姿を消した。

おれはベッドにはいったが、眠れなかった。

人は何をきっかけに、自分は死ぬのだということを理解するのか。その日どんなことがあると、自分の命に終わりが来るというのが、ただの可能性ではなく避けがたい事実だと認めるようになるのか。もちろん理由は人それぞれだろうが、おれの場合は親父が死ぬのを見たから、それがどれほど平凡で物質的なことかをまのあたりにしたからだ。蠅《はえ》がフロントガラスにぶつかるみたいなものだった。

だが、それよりもっと気になることがある。人はその認識に達したあと、何をきっかけにそれをまた疑いだすのかということだ。知恵がつくからか？　あのなんとかヒュームという哲学者のように。何かがいつも起きているからといって、それがまた起きるという保証はない——論理的な証拠がない以上、歴史が繰りかえすかどうかはわからない。そう思うようになるからか？　それとも歳をとるからだろうか？　歳をとって死が近づくにつれて怖くなるからだろうか？　それとも何かまったく別の理由があるのだろうか？　存在するとは思わなかったものをある日、眼にするとか。感じられるとは思わなかったものを感じるとか。壁をたたいたらうつろな音がするので、そのむこうに別の部屋があるかもしれないと気づくとか。すると希望が芽ばえてしまうのか。心をさいなむ恐ろしい希望、無視できない希望が。死から逃れる道があるのではないか、人間の知らない場所へ到達する近道があるのではないか。ポイントがあるのではないか。物語があるのではないかと。

翌朝はダニエル・ホフマンと同じ時刻に起床した。ホフマンはまだまっ暗なうちに家を出た。おれがそこにいることは知らなかったし、知る必要もなかった。それは本人が用心深く指摘したとおりだ。

おれは明かりを消し、窓辺の椅子に腰を落ちつけてのんびりとコリナを待った。例の紙をまた取り出して、手紙のようなものに眼を通した。言葉はいつも以上にわけがわからず、理解できるわずかな言葉も、急に的はずれで無味乾燥なものに思えてきた。なぜ捨ててしまわないのか？　この下手くそな文章を書くのに長い時間をかけてきたからか？　紙を置いて、冬のオスロのがらんとした活気のない通りをながめていると、ようやくコリナが現われた。

その日も前日とあまり変わらなかった。コリナはしばらく外出し、おれはあとを尾けた。いつもマリアを尾けていたので、気づかれずに尾行するのはお手のものだった。コリナは店でスカーフを買い、ボディランゲージから判断して友人だと思われる女とコーヒーを飲んでから、家に帰った。

まだ十時だったので、おれもコーヒーをいれた。部屋の中央の長椅子に寝そべっている彼女をながめた。ドレスを着ていた。ちがうドレスを。動くたびに、体の上を生地が滑《すべ》った。長椅子というのは、どっちつかずのへんてこな家具だ。彼女はもっと楽な姿勢をとろうとしては、わざとらしく、ゆっくりと、丁寧《ていねい》に体を動かした。見られているのを知っているかのように。欲望をかきたてているのを。きのうと同じように時計を見、雑誌をめくった。やがて、それとわからないほどかすかに体を緊張させた。

ドアベルの音はおれには聞こえなかった。

立ちあがり、あの猫のようなけだるいしなやかな足取りで歩いていって、ドアをあけた。

客は黒っぽい髪をしたかなり痩《や》せた男で、コリナと同じくらいの歳だった。

はいってきてドアを閉め、コートをかけ、靴を脱ぎすてた。その態度からすると、初めて訪ねてきたわけではなさそうだった。二度目でも。それは疑いようがなかった。まったく疑いようがなかった。なのにどうしておれは疑っていたのか？　疑いたかったからか？

男はコリナをひっぱたいた。

おれはショックのあまり、いま見たものは何かのまちがいではないかと思った。だが、男はもういちどひっぱたいた。コリナの顔を、平手で激しく。彼女が悲鳴をあげているのが口の形でわかった。

男は片手でコリナの喉を押さえ、片手でドレスを脱がせた。シャンデリアの光にさらされた彼女の肌はあまりの白さゆえに、ふくらみのない平面のように見えた。曇りや霧の日ののっぺりした光で見る雪と同じで、光を通さないただの白色のように。

男は彼女を長椅子に連れていった。その淡く刺繍された汚れのない理想化されたヨーロッパの森の風景の上に彼女を寝かせ、自分はその端に立ってズボンをおろした。痩せこけていた。胸郭のあいだで筋肉が動いているのが見てとれた。尻の筋肉がポンプみたいに張りつめたり緩《ゆる》んだりするのがわかった。やがてぶるぶると身震いを始めた。まるで自分がもうそれ以上何もできないことに怒りくるうように。彼女は脚を広げたまま、おとなしく死体のように横たわっていた。おれは眼をそらしたかった。だが、できなかった。そんなふたりを見ているうちに何かを連想したが、なんなのかわからなかった。

その夜すべてが静まりかえってから、それがなんだったのか思い出したのかもしれない。子供のころ眼にした写真の夢を見た。ダイクマン図書館から借りた『生き物の王国1 哺乳類《ほにゅうるい》』にあった写真。タンザニアのセレンゲティ草原かどこかの写真だ。痩せこけた獰猛《どうもう》な三頭のハイエナが、獲物をまんまとしとめたか、ライオンの倒した獲物をかすめとったかしたところ。二頭は尻を緊張させてシマウマの腹の中に顎《あご》をつっこんでおり、もう一頭はカメラを見つめていた。顔を血で汚したまま、鋭い歯をむき出して。とくによく憶えていたのはその眼つきだ。黄ばんだ眼でカメラのむこうからページのこちらをにらんでいた。それは警告だった。これはおまえのものじゃない、おれたちのものだ。あっちへ行け。さもないとおまえも殺すぞ。

# 4

地下鉄できみの後ろに立っているとき、おれはいつも車輛が特定の場所にさしかかるのを待って、きみにささやきかける。そこは線路の分岐点なのかもしれない。とにかく、地下深くで金属同士がガチャンガチャンとぶつかる場所、その音でおれが何かを連想する場所だ——言葉やものごとを正しい場所に収める何か、運命と関係のある何かを。列車はそこで大きく揺れ、乗り慣れていない乗客は一瞬バランスを崩して何かにつかまらなくてはならない。転《ころ》ばないように支えてくれるものに。けたたましい騒音がするので、どんなことを言っても声はかき消される。おれはなんでも好きなことをささやける。そのポイントでなら、ほかの乗客におれの声は聞こえない。きみにはどのみち聞こえない。聞こえるのはおれだけだ。

そこで何を言うのか？

わからない。頭に浮かんだことだ。そのときそのとき。どこから浮かんでくるのかも、本気なのかどうかもわからないが。まあ、その場では本気なのかもしれない。人混みできみのすぐ後ろに立って、団子に結った髪だけを見つめながらほかのところを想像していると、きみだってたしかにきれいなのだから。

だが、黒っぽい髪をしたきみしか想像できないのはしかたない。実際にそういう髪なのだから。コリナのようなブロンドではなく。きみの唇はおれが噛《か》みたくなるほどふっくらと赤くはないし、腰の揺れにも胸の曲線にも音楽がない。きみがいままでそこにいたのは、ほかに誰もいなかったからにすぎない。きみはおれが存在を知らなかった空白を満たしていたのだ。

きみはあのとき、おれがきみをトラブルから救ったすぐあとで、自分の部屋へ夕食に招いてくれた。感謝の印《しるし》なのだろうとおれは思った。きみはそれをメモに書いて渡してくれた。おれは行くと言った。行くと書こうとしたが、きみは微笑《ほほえ》んで、わかったということをおれに伝えた。

おれは行かなかった。

なぜか？

そんなことの答えがわかれば……

おれはおれで、きみはきみ。それだけのことかもしれない。

いや、もっとずっと単純なのだろうか。たとえば、きみは聾唖のうえに脚も悪い。おれのほうも充分すぎるハンディキャップを背負っている。すでに話したように、まともにできることはひとつしかない。だいいち、ふたりでいったい何を話すというのか？　きみはたぶん筆談をすればいいと提案するだろうが、おれはすでに話したように、難読症だ。まだ話していなかったとしたら、ここで言っておく。

それにマリア、きみにも想像がつくだろうが、おれが〝きみの瞳はとてもきれいだね〟と綴りを四か所もまちがえてどうにか書いたというので、きみがきいきい笑っても、男というのはそんなに興奮しないんだ。

とにかく、おれは行かなかった。それだけだ。

ダニエル・ホフマンが、仕事をかたづけるのになぜこんなに時間がかかるのかと訊いてきた。

おれはホフマンに尋ねた。おれたちのところまでたどられるような証拠を残さないように、万全の策をとってから実行すべきだと思いませんかと。ホフマンは思うと答えた。

だからおれはアパートの監視をつづけた。

その後も、その若い男は毎日きっかり同じ時刻に——暗くなったばかりの午後三時にコリナを訪ねてきた。はいってきて、コートをかけて、彼女をひっぱたく。毎回同じだった。最初、彼女は顔の前に腕をあげる。口の動きと首の筋肉のようすから、叫んでいるのがわかる。やめて。そう懇願している。だが、男はやめない。彼女が涙を流しはじめるまで。そこでやっと、ドレスを脱がす。毎回新しいドレスを。それから長椅子へ彼女を連れていく。支配権を握っているのは明らかに男のほうだ。彼女はその男をどうしようもなく愛しているのだろう。マリアがあのジャンキーのボーイフレンドを愛していたのと同じように。女たちのなかには、自分にとって何が最善なのかわからず、見返りを求めることもなくひたすら愛をあたえる者がいる。まるでその報いのなさそのものが、自分を高めてくれるとでもいうように。いつかは報われると思っているのだろう、かわいそうに。希望をこめた絶望的な愛。世の中はそんなに甘いものではないと、誰か教えてやるべきだ。

だが、コリナがそいつに惚れていたとは思わない。そんなふうに関心を持っているようには見えなかった。それはまあ、ことがすんだあとは男を愛撫《あいぶ》していたし、現われてから四十五分後、そいつが帰るときには戸口までついていって、いくぶん愛情をこめた仕草で抱きついて、甘い言葉か何かをささやいたりもしていた。だが男が出ていくと、いつもほっとするように見えた。それに、おれはむかしから、愛というものは見ればわかると思っている。では、なぜコリナは——オスロ一のヘロイン業者の若妻は——すべてを危険にさらしてまで、自分をひっぱたくような男と不倫などしているのか？ 四日目の夕方にやっとわかった。まず思ったのは、こんなことに気づくのにこれほど時間がかかるとはどうかしている、ということだった。コリナはあの男に何かを握られているのだ。言うとおりにしないと、ダニエル・ホフマンにばらされるようなことを。

五日目の朝、眼を覚ますと、おれは腹を決めた。人間の知らない場所へ到達する近道を試してみたかった。

# 5

雪が静かに降っていた。

三時に現われたとき、男はコリナに何かを持ってきた。小さな箱にはいったものを。なんなのかおれにはわからなかったが、彼女の顔が一瞬輝いた。それはリビングルームの大きな窓の外の闇まで明るませた。彼女はびっくりしたようだった。おれもびっくりした。だが、彼女がそいつに見せた笑みは、実はおれに見せたものだ。うまくやってちょうだいねということだ。そう確信した。

四時過ぎに男が――いつもより少し長くいて――帰ったとき、おれは通りの反対側の暗がりで待ちかまえていた。

そいつが闇の中へ去っていくのを見送ってから、上を見あげた。コリナは舞台にでもいるようにリビングルームの窓のむこうに立って、手のひらにのせたものをじっと見つめていた。おれにはなんだかわからなかったが。それからふと顔をあげて、おれの立っている暗がりに眼をこらした。こちらが見えるはずはないのはわかっていたが、それでも……探るような鋭い眼つきだった。突然その顔に、おびえたような、絶望したような、懇願するような表情が浮かんだ。ものの本にあるところの、〝運命は変えられないという認識〟だ。なんの本か知らないが。おれはコートのポケットに入れた拳銃を握りしめた。

窓辺から彼女がいなくなるのを待って、暗がりを出た。すばやく通りを渡り、歩道にあがると、積もったばかりの粉雪に男の靴跡が残っていた。急いであとを追った。次の角を曲がると、後ろ姿が見えた。

もちろん、可能性はいろいろと検討してあった。男がどこかに車を駐めてきたとしたら、それはフログネル地区の裏通りのどこかのはずだ。人けはないし、薄暗いし、申し分ない。

男がバーやレストランなどにはいったとしたら、そのときは待てばいい。時間ならいくらでもある。待つのは好きだ。決断してから実行するまでのあいだの時間が好きなのだ。それは短い人生の中でおれが何者かになれる唯一の時、唯一の日々だ。そのあいだだけは誰かの運命になれる。

男がバスかタクシーに乗ったとしたら、そのときはコリナからいっそう遠くへ離れられる。

男は地下鉄の国立劇場駅へ向かっていた。

あたりにはほとんど人影がなかったので、おれはもっと近づいた。

男は西行きのプラットフォームのひとつへおりていった。つまり街の西側から来たわけだ。おれにはあまりなじみのない地区だ。金はありすぎて、使い途はなさすぎる——親父がよくそう言っていた。どういう意味だったのかはわからないが。

それはマリアがいつも乗る路線とはちがったが、最初の数駅は同じ線路を走った。

おれは男の後ろの席に座った。列車はトンネル内を走っていたが、トンネル内も外の闇ももはや変わらなかった。まもなく例の場所にさしかかるのをおれは知っていた。ガチャンガチャンと金属音がして、列車が大きく揺れるはずだ。

あのポイントを通過するときに、銃口を座席の背に押しつけて引き金を引いてやろうか。そんな考えをもてあそんだ。

そしてそこを通過したとき、おれはその音が、金属同士がぶつかる音が何を連想させるのか初めて悟った。一種の秩序感、ものごとが正しい場所に収まるという感覚。運命感。つまりおれの仕事の音、銃の可動部の音——撃針と撃鉄、ボルトと反動の音だ。

ヴィンネレン駅で降りたのは、おれたちだけだった。おれは男を尾けた。雪がざくざくと音を立てた。男に歩調を合わせて、こちらの足音を聞かれないように気をつけた。両側には戸建ての住宅がならんでいたが、あいかわらず人けがなく、月面にいるも同然だった。

すぐ後ろまで近づいていって、男が——たぶん近所の人間だと思ったのだろう——振り返ろうとしかけたとき、背骨のつけ根を撃った。男は垣根のそばに倒れた。足でひっくりかえしてみると、うつろな眼がこちらを見つめた。もう死んでいるのかと思ったが、そこで唇が動いた。

心臓を撃ちぬくこともできたのだ。でなければ首か頭を。なのにどうしてまず腰を撃ったのか？　何かそいつに訊きたいことがあったのか？　あったとしても、そのときにはもう忘れていた。あるいは、どうでもよくなっていた。近くで見ると、どうということのない男だった。こんどは顔を撃った。ハイエナの鼻面が血で汚れた。

見ると、垣根のむこうから男の子が顔をのぞかせていた。ミトンをはめた手に雪をのせている。雪だるまを作ろうとしていたのかもしれない。こんな粉雪ではむずかしいはずだ。固まらずに手のあいだからこぼれてしまう。

「死んでるの？」と男の子は死体を見おろして尋ねた。死んで数秒にしかならない人間を死体と呼ぶのは奇妙に思えるかもしれないが、おれはいつもそういう見方をしている。

「おまえの父さんか？」おれは訊いた。

男の子は首を振った。

なぜそう思ったのかは自分でもわからない。その子がひどく冷静に見えるからというだけで、なぜそこで死んでいるのがその子の父親だと思ってしまったのか。まあ、実はわかっている。おれだったらそう反応したはずだからだ。

「あそこに住んでる人」と男の子は死体から眼を離さずに片方のミトンでそちらを指し、もう片方のミトンの雪をしゃぶった。

「おまえを殺しにもどってきたりはしないが、おれがどんな顔をしていたかは忘れろよ。いいか？」とおれは言った。

「いいよ」その子は赤ん坊が乳首を吸うように頬をへこませては、雪まみれのミトンをしゃぶった。

おれはいま来た道をもどりはじめた。銃把《じゅうは》をぬぐい、薄い雪が積もりそこねた排水溝のひとつに銃を捨てた。どうせ見つかるだろうが、そうしておけばどこかの不注意な子供にではなく、警察に発見されるはずだ。誰かを始末したあとは、地下鉄にもバスにもタクシーにも乗らない。乗るのは厳禁だ。きびきびと普通に歩き、警察の車が近づいてくるのが見えたら、向きを変えて犯行現場のほうへ向かうのだ。ほとんどマヨールストゥーエンまで来たところで、やっとサイレンが聞こえてきた。

# 6

つい一週間ほど前のこと。いつもどおりおれは、閉店後のスーパーマーケットの駐車場で、ごみ容器の陰に隠れて待っていた。かちゃっ、ばたん。ドアがあいて閉まる音がした。マリアは足を引いて歩くから、足音はすぐにそれとわかる。おれはもう少し待ってから、同じ方向へ歩きだした。それはおれの見解では、あとを尾けているわけではない。もちろん行く先を決めるのは彼女で、その日は、まっすぐ地下鉄の駅へは行かなかった。花屋に立ちより、アーケル教会のそばの墓地へ行った。墓地には誰もいなかったので、おれはマリアに姿を見られないように外で待っていた。ふたたび出てきたときには、彼女はもう黄色い花束を持っていなかった。そのまま教会通りのほうへ、駅のほうへ歩いていった。おれは墓地にはいった。花をそなえてあったのは、新しいながらもすでに凍りついた墓だった。墓石はぴかぴかだった。聞きおぼえのあるフランス風の名前。こんなところにいたのだ、彼女のジャンキーのボーイフレンドは。死んだとは知らなかった。ほかの連中もあまり知らないようだった。死んだ日は刻まれていなかった。年と月だけ、一九七七年十月だけだった。日付がはっきりしなければ、人はかならずそれを推測するだろう。だからそれほど寂しそうには見えなかった。孤独ではないのだ——雪におおわれた墓地の人混みの中に眠っているほうが。

いま、徒歩で現場から離れながら、おれはもうマリアを尾けるのをやめてもいいのだと考えていた。彼女は安全なのだと。おれは彼女に安全を実感してほしかった。あいつに、あのジャンキーに地下鉄で彼女の後ろに立って、こうささやいてほしかった。「おまえを殺しにもどってきたりはしないが、おれがどんな顔をしていたかは忘れろよ」そう、それがおれの願いだ。おれはもうきみを尾けたりはしない、マリア。きみの人生はいまから始まるんだ。

ボグスタ通りの電話ボックスにはいった。

おれの人生もここから始まる、この電話から。おれはダニエル・ホフマンから解放される必要があった。それが始まりだ。あとのことはまだわからない。

「始末しました」

「ご苦労」とホフマンは答えた。

「彼女じゃなくて、男を」

「なんだと？」

「いわゆる愛人のほうを始末したんです」おれたちは電話ではかならず〝始末〟と言う。立ち聞きされたり盗聴されていたりした場合の用心だ。「二度とあいつを眼にすることはありませんよ。それに実際には愛人でさえありませんでした。あいつが彼女に無理強いしていたんです。彼女は絶対にあいつを愛してはいませんでした」

おれが早口で、いつもよりさらに早口でそう言うと、長い沈黙があった。ダニエル・ホフマンの重い鼻息が聞こえてきた。というより、鼻嵐が。

「おまえ……おまえ、ベンヤミンを殺したのか？」

おれはすでに、電話すべきではなかったと悟っていた。

「おれのたったひとりの……息子を……殺したのか？」

脳が音波を認識して翻訳し、言葉にしたものを分析しはじめた。息子。そんなことがありうるだろうか？ ひとつの考えが形を取りはじめた。愛人が靴を脱ぎすてる態度。あれは何度も来たことがあるような、かつて住んでいたことがあるような、そういう態度だった。

おれは電話を切った。

コリナ・ホフマンはおびえた眼でおれを見つめた。ドレスは着替えてあり、髪はまだ濡れていた。時刻は五時十五分で、彼女はいつもと同じように、夫が帰宅する前に男の痕跡をすっかり洗いながしていた。

あんたを殺せと命じられたんだ。おれは彼女にそう伝えたところだった。

彼女はさっとドアを閉めようとしたが、おれのほうが速かった。

片足をつっこんで、力ずくでドアを押しあけた。彼女は後ろへよろけ、明るいリビングルームへ逃げて長椅子にしがみついた。舞台上の女優が小道具を利用するように。

「お願いだから……」と片手を前につきだした。何かがきらりと光るのが見えた。宝石のはまった大きな指輪。いままでつけているのを見たことがない指輪だ。

おれは一歩近づいた。

彼女はけたたましい悲鳴をあげはじめた。卓上ランプをひっつかんで飛びかかってきた。不意をつかれたおれは、かろうじて首をすくめて彼女の振るったランプをよけた。

彼女は勢いあまってバランスを崩し、おれはそこをつかまえた。つかんだ肌は湿っていて、強い香りがした。シャワーで何を使ったのだろう。それとも本人の香りだろうか。

おれは彼女をきつく抱いたまま、せわしない息づかいを感じていた。ああくそ、いまここでものにしたい。だが、それはだめだ。おれはあいつとはちがう。あいつとはちがうんだ。

「あんたを殺しにきたわけじゃないんだ、コリナ」とおれは彼女の髪にささやいた。彼女の香りを吸いこんだ。まるで阿片を吸っているようだった――体が麻痺《まひ》してくるのと同時に、五感が震えるのがわかった。「ダニエルはあんたに愛人がいたのを知ってる。ベンヤミンが。あいつは死んだ」

「ベンヤミンが……死んだ？」

「ああ。それにダニエルが帰ってきたとき、あんたがここにいたら、ダニエルはあんたも殺す。おれといっしょに来るんだ、コリナ」

彼女は呆然《ぼうぜん》とおれを見つめた。「どこへ？」

意外な質問だった。〝どうして？〟とか、〝あんたは誰？〟とか、〝嘘よ！〟とか、そう言われるだろうと思っていたのだ。おれが真実を話していることを直感的に理解したのかもしれない。事態は切迫していることを。だから要点をずばりと訊いたのかもしれない。でなければ、混乱のあまりすっかり観念して、最初に頭に浮かんだことを口にしただけか。

「この部屋じゃない部屋だ」とおれは答えた。

# 7

コリナはおれのアパートにあるたったひとつの肘《ひじ》掛け椅子に体を丸めて座り、おれを見つめていた。

そうしているといっそうきれいだった——おびえて、ひとりぼっちで、無防備で、頼りきっていると。

おれは自分のアパートがあまり自慢できるしろものではないことを、とくに必要もないのに、弁明していた。基本的にはひとり者のねぐらにすぎないから、リビングルームとベッドを置くアルコーヴがあるだけだ。清潔でかたづいてはいるけれど、あんたみたいな女《ひと》の来るところじゃない。でもひとつ、大きなとりえがある。誰も場所を知らない。もっとはっきり言えば、誰も、ほんとうに誰も、おれがどこに住んでいるか知らないんだ。

「どうして？」と彼女は言い、おれが渡したコーヒーカップを手で包みこんだ。

紅茶がほしいと言われたのだが、あしたの朝まで待ってくれ、店があいたらすぐに買ってくる、と言ってあった。あんたが朝は紅茶を好むことは知っている。この五日間、毎朝あんたが紅茶を飲むところを見ていたんだと。

「おれみたいな仕事をしてると、誰にも住所を知られないのがいちばんいいんだ」とおれは答えた。

「でも、いまはあたしが知ってる」

「ああ」

おれたちは黙ってコーヒーを飲んだ。

「それはつまり、友達も家族もいないということ？」彼女は訊いた。

「母親はいる」

「でも、ここは知らないの……？」

「ああ」

「もちろんあなたの仕事も知らないわけね」

「うん」

「何をしてると言ってあるの？」

「始末屋」

「便利屋みたいなもの？」

おれはコリナ・ホフマンを見つめた。ほんとうに知りたいのか、それともたんに訊いただけか。

「ああ」

「そう」彼女は身震いをして、胸の前で腕を組んだ。オーブンを全開にしてあったが、窓ガラスは二重ではなかったし、マイナス二十度が一週間あまりもつづいているのだ、どうしたって寒さのほうが勝つ。おれはカップをもてあそんだ。

「このあとはどうするつもり？」

おれはキッチンチェアから立ちあがった。「あんたに毛布を探してみる」

「そうじゃなくて、あたしたちがこれからどうするかってこと」

彼女はだいじょうぶだ。どうにもならないことは放っておいて先へ進めるのなら、だいじょうぶだ。おれもそういう人間になりたい。

「あの人、あたしを追ってくるわよ。あたしたちを。いつまでもここに隠れてるわけにはいかない。あの人はいつまでだって捜しつづける。嘘じゃない、あの人のことはよくわかってる。こんな恥辱《ちじょく》に耐えて生きるよりは死んだほうがましだと思う人よ」

おれはわかりきった質問はしなかった。じゃあ、なんだってあいつの息子なんか愛人にしたんだ、とは。

かわりに、それほどわかりきってはいない質問をした。

「恥辱のせいなのか？　あんたを愛してるからじゃなくて？」

彼女は首を振った。「込みいってるの」

「時間はたっぷりあるよ。見てのとおり、うちにはテレビもないし」

彼女は笑った。おれはまだ毛布を取ってきていなかったし、訊きたくてたまらない質問もしていなかった。あいつを愛していたのか？　あの息子を？　なぜかそれが訊きたくてたまらなかった。

「オーラヴ？」

「うん？」

彼女は声を落とした。「どうしてこんなことをしてくれるの？」

おれは大きく息を吸った。その質問には答えを用意してあった。それもいくつか。最初の答えが通用しなかった場合にそなえて。少なくとも、用意してあると思ってはいた。だが、訊かれたとたんにすべて忘れた。

「まちがってるからさ」おれは言った。

「何がまちがってるの？」

「ダニエルのしてることが。妻を殺させようとするなんて」

「じゃあ、あなたなら、自分の家で女房がほかの男と密会していたらどうする?」

まいった。

「あなたは善良な心を持ってるんだと思う」

「善良な心なんて近頃は安いものさ」

「いいえ、そんなことない。めったにないものよ。そしてつねに求められてる。あなたはめったにいない人なのよ、オーラヴ」

「どうかな」

彼女はあくびをして伸びをした。猫のようにしなやかに。猫というのは肩がとても柔軟だから、頭がくぐりぬけられる場所なら体もくぐりぬけることができる。狩りには都合がいい。逃走にも都合がいい。

「その毛布を持ってきてくれたら、あたし、少し眠ろうかしら。今日はちょっと刺激がありすぎたから」

「ベッドのシーツを取りかえるよ。そうすればあんたはベッドで寝られる。ソファとおれは昔なじみだからさ」

「ほんと?」と彼女はにっこりして、大きな青い眼を片方つむってみせた。「ということは、ここに泊まったのはあたしが初めてじゃないということ？」

「いや、あんたが初めてだよ。だけどおれはときどき、ソファで何か読みながら眠っちゃうんだ」

「どんなものを読むの？」

「別に。本さ」

「本？」彼女は小首をかしげて、嘘を見破ったぞというようにいたずらっぽく微笑んだ。

「本なんて、ここには一冊しか見あたらないけど」

「図書館だよ。本というのは場所をとる。それに、おれは節約を心がけてるんだ」

彼女はテーブルにあった本を手に取った。

「『レ・ミゼラブル』？　じゃあ、これはどんなことが書いてあるの？」

「いろんなこと」

彼女は片眉をあげた。

「中心になるのは、罪の許しを得る男の話だ」とおれは言った。「そいつは善人になることで過去の償《つぐな》いをしながら、残りの人生を過ごすんだ」

「ふうん」彼女は手で重みを確かめた。「ずっしりしてるわね。ロマンスはあるの？」

「ああ」

彼女は本を置いた。「あなた、これからどうするのか、まだ答えてくれていないけど」

「ダニエル・ホフマンに始末される前に、ダニエル・ホフマンを始末するしかない」

その言葉は、頭の中で考えたときにもどうかしているように思えたし、口にしたときにもやはり、どうかしているように思えた。

# 8

あくる朝早く、おれはまたあのホテルへ行った。ホフマンのアパートに面した部屋はふたつともすでにふさがっていた。外に出て、朝の闇の中に駐まっているバンの陰に隠れて待った。アパートのリビングルームを見あげながら、コートのポケットの中で拳銃を握りしめて。通常ならホフマンが仕事に出かける時刻だった。だが、もちろん今日は通常ではない。部屋に明かりはついていたが、人がいるのかどうか確認するのは不可能だった。おれの読みでは、ホフマンはおれがコリナとともに高飛びしたりはしていないこと、コペンハーゲンかアムステルダムあたりのホテルに身をひそめたりはしていないことを見抜いているはずだった。第一にそれはおれのスタイルではないし、そもそもおれにそんな金はない。ホフマンはそれを知っている。おれはこの仕事にかかる費用をまかなうために、前払いを頼まざるをえなかったのだから。二回分の報酬を支払ったばかりなのになぜそんなに素寒貧《すかんぴん》なんだ、と訊かれたので、悪癖のせいです、と言い訳したのだった。

　おれがまだオスロにいることをホフマンが想定しているとすれば、殺《や》られる前にホフマンを殺ろうとすることも想定しているだろう。おたがいに相手のことはもうよくわかっている。だが、わかっていると思うのと、本当にわかっているのとはちがう。おれはいままでまちがっていた。ことによるとホフマンはひとりきりでアパートにいるのかもしれない。だとすればあいつが建物から出てきたときが、またとないチャンスになる。本人の背後でドアの錠がかちゃりとかかるのを待ち、あいつが中にもどれなくなったところで通りのむこうへ走っていって、距離五メートルで胴に二発、至近距離で頭に二発ぶちこめば、それですむ。

　虫のいい計画だった。

　ドアがあいた。ホフマンだった。

　それに手下がふたり。犬の毛でできたような鬘《かつら》をつけ、細い口髭《くちひげ》をクロッケーの門《フープ》のような形にたくわえたブリンヒルドセンと、キャラメル色の革コートを一年じゅう夏も冬も着ているピーネ。ピーネは小さな帽子をかぶり、煙草を耳にはさみ、たえずしゃべっている。どうでもいい言葉が通りのむこうから漂ってきた。「くそ寒い」だの「あの野郎」だのと。

ホフマンは出口の内側で立ちどまった。番犬ふたりが歩道に出てきて、コートのポケットに手をつっこんだまま通りの左右を見わたした。

それからホフマンを手招きし、車のほうへ歩きだした。

おれはうつむいて反対方向へ歩きだした。いいだろう。たしかに虫のいい計画だった。

だが、これで少なくとも、おれが事態を自分のではなくホフマンの死で解決しようとしていることが、ホフマンに読まれているのはわかった。

となると、プランAにもどるしかない。

だが、おれがなぜプランBから始めたかといえば、プランAは何から何まで気にいらなかったからだ。

# 9

おれは映画を観るのが好きだ。本ほどではないが、いい映画にも本と同じような作用がある。ものごとを別の眼で見させてくれるのだ。しかしどんな映画を観ても、人数の多いほうと武器の多いほうが有利だという見方だけは、おれの中で揺るがない。ひとり対複数の戦いでは、双方がそれなりに準備をして武装していれば、ひとりのほうが死ぬ。一方が自動火器を持っている戦いでは、持っているほうが勝つ。これは貴重な経験から得られた教訓だから、真実でないふりをするつもりはない。真実でなければ《漁師》になど会いにいかなくていいが、真実なのだ。だからおれは《漁師》に会いにいった。

すでに話したように、《漁師》はダニエル・ホフマンとオスロのヘロイン市場を分けあっている。たいした市場ではないが、ヘロインが主力商品なので客は金払いがいいし、値段も高いし、儲《もう》けはべらぼうだ。事の起こりはソ連ルート——つまり北方経路だった。七〇年代の初めにホフマンがソ連人とともにそのルートを確立したころのヘロインは、大半がいわゆるバルカン・ルート、すなわち黄金の三角地帯からトルコとユーゴスラヴィアを経由してはいってきていた。ホフマンのところでポン引きとして働いていたピーネの話だと、娼婦の九割がヘロインをやっていたので、大半の女にはノルウェー・クローネではなく、ヘロインで支払いをしていたという。そこでホフマンは、安いヘロインを手にいれられれば売春業からのあがりを増やせると考えた。

安いヘロインを手にいれるヒントは、南ではなく北からやってきた。不毛の小島からなる北極圏のスヴァールバル諸島から。ここのスピッツベルゲン島では、ノルウェーとソ連が島のそれぞれの側で炭鉱を経営している。暮らしは単調で厳しく、ホフマンはノルウェー人炭鉱員から、ソ連人はウォッカとヘロインとロシアンルーレットで憂《う》さをまぎらしているという話を聞いた。そこで彼はソ連人に会いにいき、合意を取りつけてきた。生アヘンはアフガニスタンからソ連に送られ、そこでヘロインに精製されたあと、北のアルハンゲリスクとムルマンスクへ運ばれていた。それをノルウェーへ運びこむのは、普通なら不可能なはずだった。なにしろノルウェーはNATOの一員でソ連は共産国なのだから、国境は双方によって厳重に警備されている。だがスピッツベルゲンなら、警備をしているのは北極熊とマイナス四十度という気温だけだから、なんの問題もなかった。

商品はノルウェー側にいるホフマンの仲介者が、国内航空便で毎日トロムソに送ってきた。トロムソの税関はスーツケースをひとつひとつ調べたりはしなかった。炭鉱員が安い免税のスピリッツを次から次へと持ちこんでくるのは周知の事実だったが、そのぐらいの余録はあってしかるべきだと、当局でさえ考えているようだった。もちろん、あとになってこう言いだしたのもその当局だ。それほど大量のヘロインが国内へ持ちこまれ、飛行機や列車や車でオスロまで運ばれていながら、誰も知らなかったとは考えられない。複数の封筒が公務員の手に渡ったはずだと。

だが、ホフマンの話では、一クローネも支払われてはいなかった。そんな必要はなかった。警察は何が起きているかまったく気づいていなかったからだ。しかしそれも、島のノルウェー側にあるロングイェールビーンの町の外で、放置された一台のスノーモービルが発見されるまでだった。

北極熊に食いあらされた死体はソ連人のものだと判明し、ガソリンタンクから合計四キロにもなる純粋ヘロインのはいったビニール袋が出てきた。

警察と役人が怒った蜂《はち》のようにその一帯に群がった。輸送は中断され、オスロのヘロイン市場は逼迫《ひっぱく》した。だが、人の欲というのは雪解け水のようなものだ。ひとつのルートをふさがれると、黙って新たなルートを見つける。《漁師》はいろんな顔を持っているが、何よりもまず商売人だったから、それをこう表現した——満たされていない需要は、満たされることを求める。

《漁師》はセイウチ髭をたくわえたサンタクロースを思わせる太った陽気な男だが、カッターナイフで相手をめった切りにするほうが都合がいいとなれば、たちまちそうする男でもある。それまでの数年間はソ連からウォッカを密輸していた。ソ連の漁船で運ばれてきたものを、バレンツ海でノルウェーの漁船に積みかえたあと、自分が所有する使われなくなった漁業施設へ荷揚《にあ》げする。酒瓶はそこでトロ箱に詰められ、魚トラックで魚といっしょに首都へ運ばれる。そしてオスロにつくと、《漁師》の店の地下室に貯蔵されるのだ。店は偽装ではなく本物の魚屋で、《漁師》の一家が三世代にわたって、とくに儲けもしないが損もせずにやってきたものだった。

ソ連人からウォッカをヘロインに替えないかともちかけられると、《漁師》はつかまる危険と刑罰を勘案して少々算盤《そろばん》をはじいてから、その話に乗った。そんなわけで、ダニエル・ホフマンがスピッツベルゲンの商売を再開してみると、競争相手が登場していた。ホフマンはそれがまったく気にいらなかった。

そこにおれが登場する。

そのころのおれはもう——わかってもらえたと思うが——犯罪者として多かれ少なかれ失敗していた。銀行強盗で服役し、ホフマンのところでピーネのポン引き助手として働いて首になり、少しでも自分が役に立つことはないかと探していた。ホフマンがふたたび連絡してきたのは、たしかな筋から、おれがハルデンの港で密輸屋を始末し、そいつの顔がほとんどめちゃめちゃになっていたという話を聞いたからだった。実にプロフェッショナルな請負殺人だ、ホフマンはそう言った。ほかにこれといってましな評判もなかったので、おれはそれを否定しなかった。
最初の仕事はベルゲン出身の男だった。そいつはホフマンのところで売人をやっていたが、商品をくすね、しらをきり、あげくのはてに《漁師》のところへ行って働いていた。見つけ出すのは簡単だった。西の人間はほかのノルウェー人より大声でしゃべるし、そいつのベルゲン式の巻き舌のrは、そいつが商売をしている中央駅付近の空気を切りさいていた。おれが拳銃を見せると、巻き舌のrがぴたりとやんだ。殺しは二度目のほうが簡単だというが、おれもたしかにそう思う。そいつをコンテナ港に連れていって頭を二発撃ち、ハルデンの殺しと同じように見せかけた。警察はすでにハルデン事件の容疑者をつかんでいたので、はなからまちがった相手を追い、おれを冷や冷やさせることはなかった。ホフマンはおれが一流の殺し屋だという確信をますます深めて、次の仕事をくれた。

相手は、《漁師》のところよりホフマンのところで売人をやるほうがいい、と電話してきた若い男だった。どこか人目につかないところで会いたい。そうすれば《漁師》にばれずに具体的なことを相談できる。あの魚屋のにおいにはもう辟易《へきえき》したと。作り話が少しばかりくどかったのだろう。ホフマンはおれに連絡してきて、《漁師》がそいつに商売敵の始末を命じたのだと思うと言った。

翌日の夜、おれは聖ハンス公園の丘のてっぺんでそいつを待ちかまえていた。見晴らしのいい場所だ。かつては生贄《いけにえ》を捧げるのに使われていたので、幽霊が出ると言われている。おふくろの話だと、むかしはそこで印刷用のインキを煮ていたらしい。おれが知っているのは、街のごみをそこで焼却していたということだけだ。予報によるとその晩はマイナス十二度まで下がるということだったから、おれたちしか来ないはずだった。

九時になると男がひとり、塔までの長い径《みち》をのぼってきた。頂上についたときには、男の額《ひたい》はその寒さにもかかわらず汗で濡れていた。

「早いな」とおれは言った。

「誰だあんたは？」と、男はマフラーで額の汗をぬぐいながら言った。「ホフマンはどこだ？」

おれたちは同時に自分の銃に手をやったが、おれのほうが速かった。男の胸と、肘のすぐ上を撃った。男は銃を落として後ろへ倒れた。雪の上に横たわったまま、呆然とおれを見あげていた。

おれは男の胸に銃を押しつけた。「あいつにいくらもらった？」

「二……二万だ」

「人を殺すのにそれで充分だと思うか？」

男は口をひらいてまた閉じた。

「おれはどのみちおまえを殺すから、洒落た答えをひねり出す必要はないぞ」

「うちには子供が四人いて、ふた間のアパートに住んでるんだ」

「あいつが前金で払ってくれてるといいがな」そう言うと、おれは撃った。

男はうっとうめいたが、そのまま呆然とおれを見あげていた。おれは男のコートの胸にあいたふたつの穴を見つめた。それからボタンを引きちぎるようにして前をひらいた。

男は鎖帷子《くさりかたびら》を着こんでいた。防弾チョッキではなく、なんと鎖帷子を。そのむかしヴァイキングが着ていたようなやつだ。というか、子供のころあまりに何度も借りたのでしまいには図書館が貸してくれなくなったスノッリの『王さまたちのサーガ』の挿絵では、そうだった。鉄製だ。ここまでのぼってくるだけで汗をかくのもむりはない。

「なんだこれは」

「女房がこしらえたんだ」と男は言った。「聖オーラヴ（ノルウェー王オーラヴ二世、九九五―一〇三〇）の芝居のために」

おれは一面に連なる小さな鎖に指を這《は》わせた。いったいいくつあるんだ？ 二万か？ 四万か？

「これなしじゃ、出かけさせてくれなかったんだ」男は言った。

聖王の殺害をあつかう芝居のために作られた鎖帷子。

おれは男の額に銃を押しつけて撃った。三人目を。本来ならもっと簡単なはずだった。そいつの財布には五十クローネと、妻子の写真と、住所と名前の記された身分証がはいっていた。

その二件をふくめた三件の殺しが、おれが《漁師》に近づきたくない理由だった。

翌日早く、おれは《漁師》の店へ行った。

アイレットセン魚店はユングス広場に面していた。ムッレ通り十九番地の中央署から眼と鼻の先だ。噂では、《漁師》がまだ密輸品のウォッカを商《あきな》っていたころ、警察はやつのお得意さまだったという。

刺すような冷たい風に背を丸めて、石畳の広場を渡った。

中にはいると、まだ開店したばかりだというのに、早くも大勢の客がいた。《漁師》本人が店に出ていることもあるのだが、その日はちがった。カウンターの中の女たちは客の相手をつづけたものの、若い男がひとり（おれに向けた眼つきから、魚を切ったり量ったり包んだりする以外にも仕事があるのがわかった）、スイングドアのむこうへ姿を消した。

まもなく店主がはいってきた。《漁師》が。頭から爪先まで白一色の形《なり》をして。エプロンと帽子をつけ。白い木底のサンダルまではいて。まるでどこかの水難監視人だ。カウンターをまわりこんでこちらへやってきた。太鼓腹に押しあげられたエプロンで手を拭くと、まだ前後に揺れているスイングドアのほうへ顎をしゃくってみせた。隙間ができるたびに、見憶えのある痩せっぽちの姿が見えた。クラインと呼ばれているやつだ。それがドイツ語の〝小さな〟という意味なのか、ノルウェー語の〝病気の〟という意味なのか、それとも本名なのか、それはわからなかった。そのすべてなのかもしれない。

ドアがあくたびに眼が合った。生気のないまっ黒な眼と。銃身を切りつめたショットガンを脇に垂らしているのも見えた。

「ポケットから手を出してろよ」と《漁師》はサンタクロースを思わせる大きな笑みを

浮かべて静かに言った。「そうすりゃ生きて帰れるかもしれねえ」

おれはうなずいた。

「うちはクリスマス用の魚を売るんでいそがしいんだ。とっとと用件を言って帰ってくれ」

「商売敵を厄介ばらいしてやってもいい」

「おまえが？」

「ああ。おれが」

「おまえが人を裏切るやつだとは思わなかったな、あんちゃん」

おれを名前ではなくあんちゃんと呼ぶのは、名前を知らないからか、名前などご丁寧に呼びたくないからか、でなければ、おれのことをどこまで知っているのか——知っていたとしても——教える理由がないかだ。おおかた三番目だろう。

「奥で話せるか？」おれは訊いた。

「ここでいい。誰も盗み聞きなんかしやしない」

「ホフマンの息子を撃ったんだ」

《漁師》は片眼を細めて、片眼でおれを見つめた。長いことじっと。客が「よいクリスマスを！」と声をかけては、暖かくむっとする店内に冷たい風を吹きこませて出ていく。

「奥へ行こう」《漁師》は言った。

手下を三人も殺されたのだ。殺した相手に恨みを抱かずにいるには、血も涙もない商売人でなくてはならない。おれは自分の申し出が充分に気を惹いてくれること、《漁師》がおれの思うぐらい血も涙もないやつであることを祈るしかなかった。おれの名前を知らないはずはない。

すりへった木のテーブルを前にして腰をおろした。床にはがっちりした発泡スチロールの箱が積んであった。中には氷と、こちこちの魚と――ホフマンの言うとおりなら――ヘロインが詰まっているはずだ。室温はせいぜい五、六度だった。クラインは腰をおろさず、物騒なショットガンを手にしていることなど意識していないかのようだったが、おれが話しているあいだずっと、銃口はおれだけを狙っていた。おれは最近のできごとを、嘘はまじえずに、だが余計なことがらにも立ちいらずに、話して聞かせた。

話しおえても、《漁師》はひとつ眼の巨人みたいな眼つきでおれをにらみつづけた。

「じゃ、女房のかわりに息子を撃ったというのか？」

「息子だとは知らなかったんだ」

「どう思う、クライン？」

クラインは肩をすくめた。「新聞には、きのうヴィンネレンで男が撃たれたと書いてありましたが」

「それはおれも読んだ。もしかするとホフマンのとこの始末屋が、新聞にのってることを利用して話をでっちあげてるのかもしれねえ。おれたちなら信じるはずだと思って」

「警察に電話して、その男の名前を訊いてみてくれ」おれは言った。

「ああ、そうするよ」と《漁師》は言った。「おまえがホフマンの女房を殺さずにかくまってるわけを説明したらな」

「それはあんたらには関係ない」おれは言った。

「生きてここを出ていくつもりなら、話したほうがいいぞ。とっととな」

「ホフマンは女房を殴っていたんだ」おれは言った。

「どっちの?」

「どっちもだ」嘘をついた。

「だから? 普通よりひどく殴られるからって、不当だということにはならねえだろ」

「とくにああいう売女《ばいた》の場合はな」クラインが言った。

《漁師》は笑った。「あの眼を見ろよ、クライン。あんちゃんはおまえを殺したがってるぞ。恋してるんじゃねえかな」

「望むところですよ」とクラインは言った。「おれもこいつを殺したいですから。こいつがマオを殺《や》ったんです」

三人の手下のうちのどれがマオだったのか、おれにはわからない。だが、聖ハンス公園の男の運転免許証に〝マウリッツ〟と書いてあったから、あいつかもしれない。

「クリスマスの魚が待ってるぞ。どうする？」おれは言った。

《漁師》はセイウチ髭の端を引っぱった。この男から魚のにおいを洗い落とせることはあるのだろうか。やがて立ちあがった。

「〝信用できないことほど孤独なことがあるだろうか〟——どういう意味かわかるか、あんちゃん？」

おれは首を振った。

「わからねえか。あのベルゲン出身の男がうちへ来たときにそう言ったんだ。おまえはおつむが鈍すぎて、ホフマンとしても売人としちゃ使えねえと。二たす二もできねえそうじゃねえか」

クラインが笑った。おれは黙っていた。

「いまのはT・S・エリオットだよ（ジョージ・エリオットの誤り）」と《漁師》は溜息をついた。「疑りぶかい男の孤独だ。ほんとだぜ、ボスというのはみんな、遅かれ早かれその孤独にさいなまれるようになる。夫というのもたいてい、人生で一度はそれを感じる。だけど父親というのは、ほとんど感じずにすむ。なのにホフマンのやつは、その三つをぜんぶ味わわされたわけだ。自分の始末屋にも、女房にも、息子にも。気の毒になるくらいだぜ」そう言うと、スイングドアのところへ行って丸窓から店をのぞいた。「で、何が欲しいんだ?」

「おたくでいちばんの腕利きをふたり」

「うちが軍隊でも抱えてるみたいな言いぐさだな」

「ホフマンはそれを待ちかまえてる」

「ほんとか? あいつのほうがおまえを狩るつもりでいるんじゃねえのか?」

「ホフマンはおれのことをよく知ってる」

《漁師》はまるで口髭を引っこぬこうとしているように見えた。「クラインとデンマーク人を貸してやる」

「それよりデンマーク人と――」

「クラインとデンマーク人だ」

おれはうなずいた。

《漁師》は先に立って店にもどった。おれは出口まで行って、ガラスの曇りを内側からぬぐった。

オペラパッサシェンのそばに男がひとり立っていた。おれが来たときにはいなかった。男が雪の中で人を待っている理由は無数にありうる。

「おまえに連絡をつけたいときはどこへ電話を――」

「いや」とおれは言った。「必要なときはこっちから連絡する。裏口はあるか？」


裏道を通って帰る道すがら、おれは悪い取引きではなかったと思っていた。助っ人をふたり手にいれたし、命はまだあるし、新しいことも学んだ。孤独についてのあの一文を書いたのはT・S・エリオットだったのだ。おれはずっとあの女だと思っていた。なんという名前だったか？ ジョージ・エリオットか。「傷だと？ あいつが傷ついたりするものか――あいつが人を傷つけるようにできているんだ」（『サイラス・マーナー』の中の台詞）といっても、詩人なんてものを信じているわけではない。まあ、幽霊と同じ程度だ。

# 10

コリナはおれが買っておいた食料で簡単な食事を作ってくれた。

「うまかった」食べおえたおれは口を拭きながら、たがいのグラスに水をつぎたした。

「どうしてこんなことになっちゃったの、あなた？」コリナは訊いた。

「どういう意味さ、なっちゃったって？」

「つまり……どうしてこんなことをしてるの？　お父さんはこんなことをしてなかったでしょ——」

「親父は死んだよ」とおれは言い、グラスをひと息で空《から》にした。料理が少しばかりしょっぱすぎたのだ。

「そうだったの。それはお気の毒に」

「お気の毒じゃないさ。誰もそんなふうに思ってない」

コリナは笑った。「あなたって面白い」

おれのことをそんなふうに言った人間は初めてだ。

「じゃ、レコードをかけてよ」

おれはジム・リーヴスをかけた（アメリカの歌手、一九二三―六四）。

「古いものが好きなのね」と彼女は言った。

「レコードはあんまり持ってないんだ」

「ダンスもしないのかしら？」

おれはうなずいた。

「それで冷蔵庫にはビールもはいっていないわけ？」

「飲みたい？」

彼女はおれがまた面白いことを言ったというように、片頬をにやりとゆがめておれを見た。

「ソファに座らない？」

彼女が食卓の上をかたづけているあいだに、おれがコーヒーをいれた。これはなかなかいい――そう思った。それからふたりでソファに座った。ぼくがきみを愛するのは、きみがぼくを理解してくれるからだ、とジム・リーヴスが歌っていた。昼間のうちに寒さが少し和《やわ》らいでいて、大粒の雪が窓の外を漂っていた。

おれは彼女を見た。心の一部はひどく緊張していて、ソファではなく椅子に座りたがっていた。別の一部は、彼女の細い腰に腕をまわして抱きよせたいと思っていた。赤い唇にキスをしたい。つややかな髪をなでたい。もっと強く抱きしめて、息がしぼりだされるのを感じたい。彼女が胸と腹をこちらへ突きだしてあえぐのを聞きたいと。頭がくらくらしてきた。

そこで針がレコード盤の中心まで滑っていって持ちあがってもどり、盤はゆっくりと回転をやめた。

おれはごくりと唾《つば》をのんだ。手を動かしたくなった。彼女のむきだしの肩と首のあいだに置きたくなった。だが、震えていた。手だけでなく、全身が。インフルエンザか何かにかかったみたいに。

「ねえ、オーラヴ……」とコリナはおれのほうへ身を乗りだした。その強烈な香りがもっぱら香水なのか彼女自身なのか、よくわからなかった。もっと空気を吸いこむために口をあけた。彼女はおれの前のコーヒーテーブルから本を取りあげた。「朗読してくれない？　恋の話のところを……」

「したいけど……」とおれは言いかけた。

「じゃあ読んで」と彼女はソファに脚をあげて折り曲げた。それからおれの腕に手をかけた。「あたし、恋って大好き」

「でも、できないんだ」

「できるでしょう！」彼女は笑って、ひらいた本をおれの膝にのせた。「恥ずかしがらないで読んでよ。あたししかいないんだから……」

「おれは識字障害なんだ」

ぶっきらぼうなその言葉で彼女はぴたりと動きを止め、ひっぱたかれたかのように呆然とおれを見つめた。というより、おれ自身も驚いていた。

「ごめんなさい、でも……さっきの話だと……てっきり……」そこで彼女は黙りこみ、沈黙がおりた。レコードがまだかかっていてくれたらよかったのだが。おれは眼を閉じた。

「読んだよ」

「読んだ？」

「うん」

「でも、文字が……読めないのに、どうやって？」

「文字は読める。だけど、ときどきまちがえて読んでしまうんだ。で、もういちど読まなきゃならなくなる」おれは眼をあけた。彼女はまだおれの腕に手をかけていた。

「でも、どうして……どうしてそれがまちがいだとわかるの？」

「たいていは、ならんでる文字が意味のある単語にならないからだ。でも、ちがう単語として読んでしまって、ずいぶんあとまでまちがいに気づかないこともある。ぜんぜんちがう物語になってしまうこともときどきある。だからまあ、一冊の値段で二冊分の物語を読めるってわけさ」

彼女は笑った。けらけらと弾《はじ》けるように。薄闇の中で眼がきらめいた。おれも笑った。自分が難読症だと人に話したのはこれが初めてというわけではなかった。だが、つづけて質問されたのは初めてだったし、おふくろでも教師でもない相手に説明しようとしたのも初めてだった。彼女の手がおれの腕から離れた。どこかさりげなく。おれはそれを待っていたのだ。彼女はおれから離れた。だが、彼女の手がおれの手の中にするりとはいってきた。そして握りしめた。「あなたって、ほんとに面白いわね。それに親切だし」

窓の縁に雪が積もりはじめていた。結晶はたがいにからみあっていた。鎖帷子の鎖の輪のように。

「じゃあ、話して聞かせてちょうだい」と彼女は言った。「その本に出てくる恋の物語を話して」

「わかった」とおれは言い、膝にのっている本に眼を落とした。ひらかれていたページは、身をもちくずした不幸な娼婦をジャン・ヴァルジャンが救う場面だった。だが、そこはやめた。かわりにコゼットとマリウスのことを話した。犯罪者へと育てられた若い娘エポニーヌのことも。エポニーヌはマリウスにどうしようもなく恋をし、最後は愛のためにみずからの命を犠牲にするのだ。他人の愛のために。おれはその物語をもういちど、こんどは細部をいっさい省略せずに話した。

「ああ、なんてすてきなの！」コリナはおれが話しおえるとそう言って溜息をついた。

「そう、エポニーヌは……」

「……コゼットとマリウスが最後に結ばれるなんて」

おれはうなずいた。

コリナはおれの手を握りしめた。いちども放していなかったのだ。「《漁師》のことを話してちょうだい」

おれは肩をすくめた。「商売人さ」

「ダニエルは人殺しだと言ってるけど」

「そうでもある」

「ダニエルが死んだらどうなるの？」

「あんたはもう誰も恐れなくてよくなる。《漁師》はあんたに危害を加えるつもりはない」

「そうじゃなくて、《漁師》が市場をそっくり引き継ぐことになるの？」

「だろうな、ほかに競争相手もいないし。あんたがその気なら別だけど……？」とおれは精いっぱい片頬をゆがめてみせた。

彼女は声を立てて笑い、おれを軽く押した。おれが根はコメディアンだとは、誰も想像しなかっただろう。

「このまま逃げちゃわない？」と彼女は言った。「あなたとあたしなら、うまくやっていける、ふたりなら。あたしはお料理をして、あなたは……」

残りの言葉は、半分だけ架けられた橋のように宙に消えた。

「あんたと逃げられたらうれしいけど、コリナ、おれはからっけつなんだ」

「ほんと？　ダニエルはいつも、みんなにはたっぷり払っていると言ってるわよ。忠誠心は金で買わなくちゃいけないと」

「ぜんぶ使っちゃったんだ」

「何に？」と彼女はおれの後ろへ顎をしゃくってみせた。アパートにもそこにあるものにも、大金がかかったはずはないと言っているのだ。

おれはまた肩をすくめた。「四人の子供を抱えた未亡人がいてさ。夫を殺したのはおれだから……まあ、ちょっと弱気になって、そいつがある男を始末したらもらえるはずだった額を、封筒に入れてやったんだ。そしたらそれがおれの全財産だったわけさ。《漁師》のやつがそんなにたっぷり払ってるとは知らなかった」

彼女は疑るような眼でおれを見た。ダーウィンの言う六つの普遍的表情にはあてはまらなかったと思うが、意味しているところはわかった。「あなた……人を殺そうとしていた男の未亡人に、全財産をあげちゃったの？」

もちろんおれだって、自分の行ないがひどく愚かだったことにもう気づいてはいた。引き換えにちょっとしたものを手にいれたとは思っていたが、コリナにそう言われると、どうしようもないほど愚かに思えてきた。

「で、その人は誰を殺そうとしていたの？」

「憶えてない」

彼女はおれを見た。「オーラヴ、あなた、わかってる？」

何をだろうか。

彼女はおれの頬に手をあてた。「あなたって、ほんとにほんとに変わってる」

彼女の眼がおれの顔を這い、端から食べつくすように少しずつ見つめていった。これがいわゆる他人の考えがわかるという瞬間、他人の考えが読める、理解できるという瞬間なのだ。おれはそう感じた。本当にそのとおりだったのかもしれない。それはおれが難読症だということで説明がつくのかもしれない。おふくろはよくおれを悲観的すぎると言っていたが、それも本当だったのかもしれない。いずれにせよ、うれしいことにコリナ・ホフマンは身を乗りだしてきて、キスをしてくれた。

おれたちは愛しあった。もっとあからさまで身も蓋《ふた》もない言葉を使わずに、このロマンチックで清らかな言いまわしを選んだのは、なにも慎みからではない。愛しあったというのがいちばんふさわしい表現だからだ。彼女は耳元に口を寄せて、息でおれをじらした。おれはとてつもなく慎重に彼女を抱いた。図書館の本のページにときおりはさまっている押し花、あまりに脆《もろ》いので指を触れたとたんに崩れてしまう押し花のように。彼女が消えてしまうのが怖かったのだ。たびたび両腕をついて体を起こしては、彼女がまだ本当にそこにいるのを、これがただの夢ではないのを確かめた。彼女がすり切れてしまわないように、羽根のように軽くやさしくなでた。そして、中にはいる前に自分を抑えた。彼女は驚いておれを見あげた――ふさわしい瞬間を待っているのだとは、わかるはずもなかった。やがてその瞬間が、溶けあうときがやってきた。元ポン引きにとってそんなことはくだらないことだと思われるかもしれないが、その感覚はやはり圧倒的で、喉が締めつけられるほどだった。彼女が長々と低いうめきを漏らすのを聞きながら、とてつもなくゆっくりと慎重に、やさしい言葉やばかげたことがらを耳にささやきかけながら中にはいった。彼女がじれているのがわかったが、おれはそうしたかった。これを特別なものにしたかった。だから懸命に自制しつつ、控えめなペースで彼女を連れていった。だが、彼女の腰はおれの下ですばやい波のように激しくうねりはじめ、白い肌が闇の中で揺らめいた。まるで月光を抱いているようだった。そのはかなさといい、ありえなさといい。

「あたしに合わせて」と耳元の息があえいだ。「あたしに合わせて、オーラヴ、あたしのオーラヴ」

おれは煙草を吸った。コリナは眠りこんだ。雪はやんでいた。雨樋でもの悲しい調べを奏でていた風も、すでに楽器をしまっていた。部屋の中で聞こえるのは彼女の規則正しい寝息だけだった。おれはひたすら耳を澄ました。何も聞こえなかった。

まさにおれが夢見たとおりの展開になっていた。なるはずがないと思ったとおりの展開に。疲れきっていたので、少し眠らなくてはならなかった。だが、あまりに幸せで眠りたくなかった。眠ってしまったらこの世界は、いままで好きでもなかったこの世界は、しばらくのあいだ存在しなくなる。あのヒュームという哲学者によると、いままで毎朝眼覚めたら同じ肉体で同じ世界にいて、起こったことはすべて本当に起こっていたとしても、明日の朝もそうなるとはかぎらないのだ。眼を閉じることが、生まれて初めてギャンブルのように感じられた。

だから耳を澄ましつづけた。自分の手にしているものを見張りつづけた。聞こえるべきではない物音は何も聞こえなかった。だがとにかく耳を澄ましつづけた。

## 11

おふくろはひどく気が弱かった。だから、このうえなく強い人間でさえ耐えられないようなことにも耐えなければならなかった。

たとえば、ろくでなしの夫にどうしても「いや」と言えなかった。その結果、性犯罪で刑務所にぶちこまれた男よりひどく殴られるはめになった。親父はおふくろの首を絞めるのをとりわけ好んだ。おふくろが牛みたいにうなりながら息をつくあいだだけ手を放してやり、それからまた絞めあげるのだ。寝室から聞こえてきたそのうなり声を、おれは絶対に忘れられないだろう。それにおふくろは、気が弱すぎて酒を断わることもできなかった。だからひどく小柄だというのに、雄牛や象でもぶっ倒れるほどのアルコールを飲みほすはめになった。そのうえおれに対しても、これまたひどく弱かったので、おれの欲しがるものはなんでも、たとえおふくろ自身がどうしても必要なものでも、かならずくれた。

おれはつねづねおふくろに似ていると言われていた。

親父の眼を最後にのぞきこんだときに初めて、自分には親父に似ているところもあるのに気づいた。親父がウイルスみたいに、病《やまい》みたいに、おれの血の中にひそんでいるのに。

親父はたいてい、金が必要なときしかうちに寄りつかなかった。そしてたいてい、有り金を残らず持っていった。だが、恐怖支配を維持するには——おふくろが金を出そうと出すまいと——出さなかったらどうなるか、身をもって学ばせなければならないことも理解していた。おふくろは眼のまわりの青痣《あおあざ》や唇の腫《は》れを、階段やドアや滑りやすい浴室の床のせいにしていた。そしてへべれけになってくると、本当に自分から転んだり壁にぶつかったりもした。

親父はおれに、勉強なんかしているとアホになると言った。おそらく、読み書きに関しておれと同じ障害を持っていたのだろう。ちがうのは、親父は諦《あきら》めたという点だ。さっさと学校をやめたので、新聞もろくに読めなかった。だがおれのほうは、奇妙なことに学校が好きだった。数学以外は。無口だったから、たいていの連中にはばかだと思われていたはずだ。それでも作文を採点した国語の教師だけは、きみには何かがあると言ってくれた。綴りのまちがいはたくさんあるが、ほかの連中にはない何かがあると。それだけでもおれには充分すぎた。だが親父はよく、おまえはそんなに本を読んでどうするつもりだと言った。自分はおれたちよりましだと思っているのか。うちの家族はちゃんと暮らしてきたし、正業にもついている。気取ってみせようとして洒落た言葉を憶えて、作り話にうつつをぬかしたりはしていないと。十六のときおれは親父に、じゃあどうして自分はちょっとでも正業につこうとしないんだ、と言い返したことがある。痣だらけになるまでぶん殴られた。こっちは子供を育てているんだ、それだけでもたいへんな仕事だと。

おれが十九のとき。ある晩ふらりと親父が現われた。一年間食らいこんだボトセン刑務所からその日、釈放されたのだ。人を殺したのだが、証人がいなかったので裁判所は、被害者が殴り返そうとして氷で足を滑らせたのが脳の損傷の原因かもしれない、という被告人側の言い分を認めたのだった。

親父はおれが大きくなったことについて何やら言い、おれの背中を陽気にひっぱたいた。母さんの話じゃ、倉庫で働いてるんだってな？ やっと道理をわきまえるようになったか、と。

おれは返事をしなかった。仕事はアルバイトで、カレッジにも通っているんだとは言わなかった。そうやって金をためて、来年の兵役を終えたらアパートを借りて総合大学に通うんだとは。

親父はおれが仕事を持ったのはいいことだと言った。なぜならおまえは、いま有り金を吐き出さなければならないからだと。

おれはなぜだと訊いた。

なぜ？　おれはおまえの父親だぞ、司法の誤審の被害者だ、立ちなおるには家族が差し出せるあらゆる援助が必要だ。

おれは拒んだ。

親父は驚いておれをにらんだ。殴ったものかどうか考えているのがわかった。おれの体格を見ているのが。息子はたしかに大きくなっていた。

やがて親父は短い笑いを漏らした。おまえのけちな蓄えを渡さなけりゃ、おまえのおふくろを殺す。殺して事故に見せかけるぞ。どうだ？

おれは答えなかった。

親父は一分やると言った。

おれは銀行に金を預けてあるから、あしたの朝、銀行があくまで待ってくれと言った。

親父はそうすればおれが嘘をついているのかどうかわかるというように、首をかしげた。

おれは逃げるつもりはないと言った。父さんはおれのベッドを使ってくれ、おれは母さんの部屋で寝るからと。

「というと、そこでもおまえはおれの場所を乗っ取ったわけか？」と親父はせせら笑った。「そいつは違法だってことを知らないのか？　それともおまえの本にはそう書いてないのか？」

その晩、おふくろと親父はおふくろの最後の酒を分けあった。それからおふくろの部屋へはいっていった。おれはソファに寝ころんで、耳にトイレットペーパーを詰めた。だが、それでもおふくろのうなり声は遮断できなかった。やがてドアがばたんと閉まり、親父がおれの部屋へはいっていく音がした。

おれは二時まで待ってから起きあがり、浴室から便器用のブラシを持ってきた。それから地下室へおりて物置をあけた。十三のときにもらったスキーがあった。おふくろがそれを買うために何を我慢したのかは知るよしもない。だが、おれにはもう小さくなり、使わなくなっていた。片方のストックからリングをはずし、そのストックを持って上へもどると、自分の部屋へ忍びこんだ。親父は仰向けになって鼾《いびき》をかいていた。おれはベッドの左右の狭い枠の上に乗り、親父の腹にストックの先をあてがった。胸を刺すのは危険が大きすぎた。胸骨や肋骨にあたるかもしれない。片手をストラップに通し、片手をストックのてっぺんに置いて、竹製のシャフトがたわんだり折れたりしないように垂直になっているのを確かめた。だが、すぐには刺さなかった。理由はわからない。怖かったからではない。怖くはなかった。親父の息づかいが乱れてきて、まもなく身じろぎをして寝返りをうちそうになった。そこでおれは跳びあがり、全体重をかけて着地した。スキーのジャンプ選手のように膝を曲げて。皮膚がいくぶん抵抗したが、ひとたび穴があくと、ストックはずぶりとめりこんだ。Tシャツの一部を腹に引っぱりこんで、先端は深々とマットレスにまで突き刺さった。

親父は横になったまま、愕然《がくぜん》と黒眼をむいておれを見あげた。おれはすばやく親父の胸に座りこみ、膝で腕を押さえつけていた。親父は叫ぼうとして口をひらいた。おれはその口に、狙いを定めて便器ブラシを押しこんだ。親父はうぐうぐ言いながら身をよじったが、動けなかった。そう、たしかにおれはでかくなっていた。

そうして座ったまま、腰に竹のストックを感じていた。下で体がもがくのを。自分は親父に乗っているのだ。親父はいまやおれの女だ。そう思った。

どのくらいそうしていたのかわからないが、やがて親父がもがくのをやめてぐったりしたので、喉から便器ブラシを引っぱり出してみた。

「ばかたれめ」と親父は眼を閉じたまままうめいた。「喉ってのはナイフでかっ裂くもんであって……」

「それじゃ呆気《あっけ》なさすぎる」とおれは言った。

親父は笑い、咽《む》せた。口の端から血の泡が漏れた。

「ようし、それでこそおれの息子だ」

それが親父の最後の言葉だった。だからおれは言い返せなかった。それにすぐさま、このろくでもない親父の言うとおりだと気づいた。たしかにおれは親父の息子だった。なぜストックを突き刺す前に何秒かぐずぐずしていたのか。理由はわからないと言ったのは嘘だ。自分が、自分だけが親父の生死を支配しているという魔法の瞬間を引き延ばしたかったのだ。

それがおれの血の中にひそむウイルス、親父ゆずりのウイルスだ。

死体は地下室へ運びおろして、ぼろぼろの古いキャンバス地のテントでくるんだ。それもおふくろが買ってくれたものだった。おふくろはみんなで、ささやかな家族で、キャンプに出かけるつもりでいたのだ。一晩じゅう日の沈まない湖の畔《ほとり》で、釣ったばかりの鱒《ます》を料理するつもりで。おふくろが酒とともにそこへたどりついているといいのだが。

一週間あまりたってから警察がやってきて、出所した親父に会ったかと訊かれた。会っていない、とおれたちは答えた。警官はそう報告しておくと言い、礼を言って帰っていった。とくに心配はしていないようだった。そのときにはもう、おれはバンを借りてマットレスやシーツを焼却ごみの捨て場に捨ててきていた。そしてその晩、ニッテダールのはるか奥のほうの湖までバンを運転していった。一晩じゅう日の沈まないところだったが、そこで鱒を釣ることは当分ないはずだった。

岸に座ってきらきら光る水面《みなも》をながめながら、人間が残していくのはこれだけ、わずかばかりの波紋だけなのだと思った。波紋はしばらく水面を乱し、やがて消えていく。初めから存在しなかったかのように。おれたちなどいなかったかのように。

人を殺したのはそれが初めてだった。

数週間後、大学から手紙が届いた。〝謹《つつし》んで貴殿の合格をお知らせいたします……〟とあり、入学手続きの日時が記されていた。おれはそれをゆっくりと細かく引き裂いた。

## 12

キスで眼が覚めた。

それがキスだとわかる前に、一瞬、純然たるパニックに襲われた。

すぐに記憶がよみがえってきて、そのパニックが温かくて柔らかな気分に変わった。

ほかにいい言葉がないので、幸福感としか言いようのないものに。

コリナはおれの胸に頬をのせていた。おれは彼女の顔と、胸の上に広がる髪を見おろした。

「オーラヴ？」

「うん？」

「ずっとここにいられないの？」

したいことはほかに思い浮かばなかった。彼女を引きよせ、抱きしめ、秒数を数えた。

それがおれたちのともに過ごした時間、誰にも奪うことのできない時間、そのときそこで費やした時間だ。が、前にも言ったように、おれはあまり長いあいだ数を数えられない。彼女の髪に唇を押しつけた。

「ここはきっとあいつに見つかる」

「じゃあ、遠くへ行こう」

「その前にあいつをかたづけないと。このさき一生びくびくしながら生きるわけにはいかない」

彼女はおれの鼻から顎へ、縫い目があるかのように人さし指を這わせた。「そうよね。でも、それがすんだら行けるでしょ？」

「ああ」

「約束する？」

「うん」

「どこへ行く？」

「どこでもきみの好きなところへ」

指が首と喉を越えて鎖骨のあいだを這いおりた。「だったらパリへ行きたい」

「じゃ、パリにしよう。なんでパリなんだ？」

「だってコゼットとマリウスがいっしょにいたところだもの」

おれは笑って床に足をおろし、彼女の額にキスをした。

「起きないで」と彼女が言った。

だから起きなかった。

十時、おれはキッチンテーブルでコーヒーを飲みながら新聞を読んでいた。コリナは眠っていた。

記録破りの寒さはまだつづいていた。だが、きのうは少し寒さが緩んだので、道路がつるつるになり、トロンハイム街道でスリップ事故が起きていた。クリスマスで北へ帰る一家三人の乗った車が反対車線に飛び出したらしい。そして警察はいまだに、ヴィンネレンの殺人事件の手がかりを何もつかんでいなかった。

十一時、おれはデパートの店内に立っていた。店はクリスマスのプレゼントを探す客でごった返している。窓の前でディナーセットを見るふりをしながら、むかいの建物のようすをうかがった。ホフマンのオフィスだ。男がふたり外に立っていた。ひとりはピーネで、もうひとりは初めて見るやつだ。足踏みをしており、煙草の煙がピーネの顔へもろに漂っている。ピーネに何か話しかけられたが、とくに関心はなさそうだった。ばかでかい毛皮の帽子をかぶってオーバーを着こんでいるが、それでも寒そうに背中を丸めている。ピーネのほうは、犬の糞みたいな色のいつもの革コートと、ちっぽけな道化師帽だけで平然としていた。ポン引きというのは外に立っているのに慣れている。

男は帽子を耳の下まで引きおろした。だがこれは寒さというより、ピーネの口から垂れ流される言葉の下痢のせいだったと思う。ピーネは耳にはさんでいた煙草を取ってそいつに見せていた。煙草をやめた日からずっとそこにはさんでいるのだという、いつもの話を聞かせているのだろう。そうやってどちらが偉いか煙草に教えているのだと。おれが思うには、煙草を耳にはさんでいるわけをみんなに訊いてほしいだけなのだ。そうすれば相手を死ぬほど退屈させてやれる。

男はやたらと着こんでいるので、銃を持っているのかどうかよくわからなかったが、ピーネのコートは片方へかしいでいた。どえらく分厚い財布でなければ、拳銃だ。いつも持ちあるいている物騒なナイフはそこまで重くない。おそらくマリアをおどしたのもそのナイフだろう。しゃぶってファックして借金を返さないと、そいつでマリアとボーイフレンドをどんな目に遭わせるか、話して聞かせたのだ。見ひらかれたマリアの眼に恐怖が浮かんでいるのが見えるようだった。ピーネの口を見つめ、何を言いたいのか必死で唇を読んでいるのが。ピーネのやつはよくしゃべるのだ。ぺらぺらと。今もそうだった。だが、新顔のほうはポン引きなど相手にせず、毛皮の帽子の下から暗い眼で通りの左右をにらんでいた。冷静に、集中して。雇われてきたのだろう。たぶん国外から。いかにもプロらしく見えた。

店内を通りぬけて隣の通りへ出た。トリギ通りの電話ボックスにはいり、破り取ってきた新聞のページを眼の前に持ってきた。曇った電話ボックスの窓にハートを描きながら、相手が出るのを待った。

「リス教会、教区事務所です」

「おいそがしいところすみませんが、あさってのホフマン家の葬儀に花輪を届けたいんです」

「それなら葬儀屋さんのほうへ――」

「問題は、住んでいるのが市外でして、夕方に街をぬけていくもので、明日の閉館時刻後になりそうなんです。できれば自分で教会へ届けたいと思いましてね」

「常駐の職員がいるわけではないので――」

「でも、棺《ひつぎ》は明日の夕方そちらに運びこまれるかと思うんですが」

「通常はそのようにしますね、はい」

おれは相手がつづけるのを待ったが、むこうはそれ以上何も言わなかった。

「調べてもらえませんか?」

聞こえるか聞こえないかの溜息。「お待ちください」書類のがさごそいう音。「ええ、おっしゃるとおりです」

「それじゃ明日の夕方、教会にうかがいます。ご家族もきっと最後にもういちど彼に会いにみえるでしょうから、お悔《く》やみを言うこともできますし。地下聖堂へ入れてもらう時間を、ご家族がそちらと打ち合わせたと思うんですが、先方をわずらわせるのも気が進まないので……」

とおれは言葉を切り、電話のむこうの沈黙に耳を澄ました。それから咳払いをした。

「……お取り込み中ですし、クリスマスも近いので」

「明日の夜の八時から九時のあいだにいらっしゃるみたいです」

「そうですか。でも、それには間に合わないかな。ぼくが花輪を持って立ちよるつもりだったという話は、先方には伏せておいてもらったほうがいいですね。花輪は何か別の方法で届けます」

「そうですか」

「お手数おかけしました」

それからユングス広場まで歩いていった。今日はオペラパッサシェンには誰も立っていなかった。きのうそこにいたのがホフマンの手下だとしたら、見たかったものはもう見たということだ。

若い男はおれをカウンターの奥へ通そうとしなかった。《漁師》は来客中だという。スイングドアのガラスのむこうで人影が動いているのが見えた。やがてひとりが立ちあがり、きのうのおれと同じように裏口から出ていった。

「はいっていいぞ」と若い男が言った。

「待たせたな」と《漁師》は言った。「みんなが欲しがるのはクリスマスの魚だけじゃねえもんでな」

強烈な臭気におれが顔をしかめたのだろう、《漁師》は笑いだした。

「あんちゃん、ガンギエイのにおいは嫌いか?」と後ろのカウンターでおろしかけになっている魚のほうへ頭を振ってみせた。「ガンギエイの荷と同じトラックでクスリを運べば、怖いもんなしだ。探知犬なんか目じゃねえ。あんまり人気はねえが、おれはガンギエイでフィッシュボールを作るのが好きなんだ。ひとつ食ってみなよ」あいだにあるタイル貼りのテーブルにのっているボウルのほうへ顎をしゃくった。濁った液体に淡い灰色のフィッシュボールがつかっていた。

「で、そっちのほうの商売の調子は?」勧められたのが聞こえなかったふりをして、おれは訊いた。

「需要のほうは問題ねえんだが、ソ連人どもががめつくなってきやがった。ホフマンとおれが競合しなくなりゃ、あつかいやすくなる」

「ホフマンはおれとあんたが通じてるのを知ってる」

「あいつはばかじゃねえ」

「ああ。だからこの数日、警備を厳重にしてる。ただ行って始末するってわけにはいかない。少しばかり想像力を働かせる必要がある」

「そりゃおまえの問題だ」《漁師》は言った。

「内情を知る必要がある」

「それもおまえの問題だ」

「今日の新聞に死亡通知が出てた。ホフマンの息子はあさって埋葬される」

「で？」

「そこでならホフマンを殺れる」

「葬式でか。だめだ」《漁師》は首を振った。「やばすぎる」

「葬式じゃない。その前の晩だ。地下聖堂で」

「説明してみろ」

おれは説明した。《漁師》は首を振った。なおも説明した。《漁師》はますます首を振った。おれは片手をあげてそれを制し、話しつづけた。やつはまだ首を振っていたが、にやにやしはじめた。「なんとまあ。いったいどうやってそんなことを思いついた？」

「知り合いが同じ教会に埋葬されてさ。そのときはそんなふうにやったんだ」

「おれがだめだと言うのはわかってるだろ」

「でも、うんと言うさ」

「言わなかったら？」

「棺を三つ買う金が要るんだ」とおれは言った。「キメン葬儀社に出来合いのやつがある。でも、あんたならそんなことは知ってるだろう……」

《漁師》は用心深くおれを見た。エプロンで手を拭いた。それから口髭を引っぱった。またエプロンで手を拭いた。

「フィッシュボールを食えよ、現金入れにいくらはいってるか見てくる」

おれは腰をおろしてフィッシュボールを見た。知らなければ精液だとしか思えないような液体につかっている。というか、本当にそうだとしか思えなかった。

帰りにマリアのスーパーマーケットの前を通りかかった。夕食の材料を買ったほうがいいと気づいた。店にはいって籠《かご》をつかんだ。マリアはこちらに背を向けて客の相手をしていた。おれは通路を歩いて、魚のフライとじゃがいもと人参を籠に入れた。ビールも四本。クリスマス用の包装紙にあらかじめくるまれたコング・ホーコン・チョコレートも売っていた。それもひと箱、籠に入れた。

マリアのレジのほうへ歩いていった。店内にはほかに誰もいなかった。マリアがおれに気づいているのがわかった。顔を赤らめている。くそ。それもむりはなかったと思う。あの夕食の一件がまだすっかり癒《い》えていないのだ。そんなにやたらと男を自宅に招いたりはしないのだろう。

レジまで行って、やあ、と短く声をかけた。それから籠を見おろし、食材をコンベヤーベルトにのせることに専念した――魚のフライ、じゃがいも、人参、ビール。チョコレートの箱を手にしたところで、一瞬迷った。コリナのつけていた指輪。あれはホフマンの息子がプレゼントしたのだ。あのとき。それに引き換えこのおれは、クレオパトラの宝石もどきに包装されたひと箱のチョコレートを、クリスマス・プレゼントに持ってかえろうと考えている。

「それ。で。ぜんぶ」

おれは驚いてマリアを見た。しゃべった。まさか口がきけるとは。もちろん、へんてこなしゃべり方ではあった。だが、それは言葉だった。立派な言葉だった。彼女は顔から髪を掻《か》きのけた。そばかす。やさしい眼――ちょっぴりくたびれたやさしい眼。

「ああ」と、おれはかなり強調して言った。口を大きくあけて。

彼女はかすかに微笑んだ。

「こ・れ・で、ぜ・ん・ぶ」おれはゆっくりと、やや大きすぎる声で言った。

彼女はチョコレートの箱のほうへいぶかるように手を振った。

「き・み・に」おれはそれを差し出した。「よ・い・ク・リ・ス・マ・ス・を」

彼女は口に手をあてた。その手の陰を、あらゆる表情が駆けぬけた。六つ以上だ。驚き、戸惑い、喜び、はにかみにつづいて、眉があがり（どうして？）、眼が伏せられ、感謝の笑み。口がきけないと、こういうことが起こる――顔がとても表情ゆたかになり、慣れていない人間にはいくぶん大袈裟《おおげさ》に見えるパントマイムみたいなものを演じるようになるのだ。

おれはその箱を渡した。そばかすの浮いた手がおれの手のほうへ伸びてきた。何をしたいんだ？　手を取ろうというのか？　おれは手を引っこめた。短くうなずいてみせると、出口へ向かった。彼女がおれの後ろ姿を見送っているのがわかった。くそ。こっちはただ、チョコレートをひと箱やっただけじゃないか。あの女はいったい何がしたいんだ？

帰ってみるとアパートはまっ暗だった。ベッドの上にコリナの姿が見分けられた。あまりに静かで身じろぎもしないので、変だなという気がしてきた。そろそろと近づいていってようすを見た。とても安らかに見えた。それにとても青白く。頭の中で時計がかちかちと音を立てはじめた。何かを計算しているかのようにかちかちと。身をかがめて、彼女の口のすぐ上まで顔を近づけてみた。何かが足りなかった。時計の音がどんどん大きくなってきた。

「コリナ」とささやいた。

反応はなかった。

「コリナ」と、もういちどこんどは声をいくぶん大きくして言った。するとこれまで自分の声には聞いたことのなかったものが聞こえた。かすかな心細さが。

彼女は眼をあけた。

「こっちへ来て、テディベアさん」そうささやき、おれに両腕をまわしてベッドに引きこんだ。

「もっと強く」とささやいた。「あたしは壊れないから」

ああ、きみは壊れない。おれたちは壊れない。これは。これこそおれが待ち望んでいたものなのだ。手にいれる練習をしてきたものなのだ。死以外の何ものもこれを破壊することはできない。おれはそう思った。

「ああ、オーラヴ、オーラヴ」と彼女は声を漏らした。

顔はほてっていて、本人は笑っていたが、眼は涙で濡れていた。胸はおれの体の下で白く輝いた。このうえなく白く。そしてその瞬間、これ以上は不可能なほど近くにいたというのに、おれは彼女を初めて見たときのように遠くから、通りの反対側の窓のむこうからながめているような気がした。ありのままの姿を見たければ、本人が見られていることを、観察されていることを知らないときがいちばんんだ。彼女はおれをそんなふうに見たことはない。見ることもたぶんないだろう。そこでふと思い出した。おれはまだあの書きかけの紙を、手紙を持っていた。いまだに書きあげていない手紙を。コリナがあれを見つけたら誤解するかもしれない。それでも不思議なことに、そんなつまらないもののせいで胸の鼓動が速くなった。その手紙はキッチンの抽斗《ひきだし》の、フォークやスプーンを入れてあるトレイの下にしまってあった。コリナがトレイを動かすとは思えないが、機会がありしだい始末しようと決めた。

「ああ、オーラヴ、もっと」

いった瞬間におれの中で何かが解放された。閉じこめられていた何かが。なんだったのかはわからないが、射精の圧力で解きはなたれ、あらわになった。おれは仰向けになって息をあえがせた。今のおれは別人だった。どう変わったのかはわからないが。

彼女がおおいかぶさってきて、額をくすぐった。

「気分はどう、あたしの王様さん？」

おれは答えたが、喉に唾液がたまっていた。

「え？」と彼女は笑った。

おれは唾を呑みこんで、もういちど言った。「腹ぺこだよ」

彼女はますます笑った。

「それに幸せだ」おれは言った。


コリナは魚がだめだった。アレルギーなのだという。子供のころからずっと。遺伝的なもので。

スーパーマーケットはもうどこも閉まっていた。だが、〈チャイニーズ・ピザ〉でCPスペシャルを頼める、とおれは言った。

「中国のピザ？」

「中国料理《チャイニーズ》とピザ。別々だよ。おれはほとんど毎日そこで夕食を食ってる」

もういちど服を着て、角の電話ボックスまで行った。アパートには電話を引いていなかったのだ。引きたくなかった。おれに電話したり、つかまえたり、話をしたりする手段は誰にもあたえたくなかった。

電話ボックスから見あげると、四階のおれの部屋の窓が見えた。コリナが窓辺に立っていた。頭のまわりに後光みたいな光をまとわりつかせている。こちらを見おろしていた。手を振ると、むこうも振り返してきた。

そこで硬貨ががちゃんと落ちた。

「チャイニーズ・ピザです。ご注文、どうぞ」

「やあ、リン、オーラヴだ。CPスペシャルを一枚、持ち帰りで頼む」

「ここで、食べない？」

「今日はね」

「十五分、できます」

「ありがとう。もうひとつ。誰かおれのことを尋ねてこなかったか？」

「オーラヴさんのこと？　いいえ」

「そうか。前におれといっしょに食事をしてたことのあるやつが、誰か店に座ってるか？　ペンで描いたみたいな、へんてこな細い口髭《は》を生やしてるやつとか。茶色の革のコートを着て、耳に煙草をはさんでるやつとか」

「まてください。いいえ……」

テーブルは十卓ぐらいしかないので、リンを信用することにした。ブリンヒルドセンもピーネもおれを待ちかまえてはいないようだ。一度ならずおれとそこへ行っているはずだが、おれが常連だということは知らないらしい。よし。

電話ボックスの重たい金属ドアを押しあけて、窓を見あげた。彼女はまだそこに立っていた。


十五分歩いて〈チャイニーズ・ピザ〉についた。ピザはキャンピング・テーブル大の赤い厚紙の箱にはいって、おれを待っていた。CPスペシャル。オスロ一うまいピザだ。最初のひと口を味わうコリナの顔を見るのが楽しみだった。

「まいどアリゲーター」と、店を出るおれにリンがいつもの挨拶《あいさつ》をよこしたが、おれが「また来るクロコダイル」と返す間もなくドアが閉まった。

おれは急ぎ足で歩道を歩いていって角を曲がった。コリナのことを考えていた。彼女のことで頭がいっぱいだったにちがいない。それしか言い訳にできることはない。あいつらの姿にも足音にも気づかなかったし、考えていて当然のことさえ考えていなかった。

そこがおれの行きつけだとばれているとしたら、やつらは当然、おれがそれを予測してかならずある程度の用心をして行くことも、お見通しだったはずなのだ。だから暖かい店内の光の中ではなく、凍《い》てついた店外の暗黒宇宙で待ちかまえていた。分子でさえそんなところでは満足に動けなかったはずだ。

雪を踏みしめるふたつの足音が聞こえたが、ばかでかいピザのせいで動きが鈍り、銃を引っぱり出す前に冷たく硬い金属を耳に押しつけられた。

「あの女はどこだ？」

ブリンヒルドセンだった。しゃべると、細い口髭もいっしょに動いた。連れの若造は、凶悪というよりむしろおびえているように見えた。見習いバッジをつけていてもおかしくなかったが、おれの身体検査だけは完璧にやった。ホフマンにもそいつをブリンヒルドセンの助手につけるのに、武器を持たせないだけの分別はあったらしい。ナイフでも隠しているかもしれないが、拳銃は一人前にならなければもらえないのだ。

「ホフマンは、女房を渡せばおまえは生かしといてやると言ってる」ブリンヒルドセンは言った。

嘘に決まっていたが、おれでも同じことを言っただろう。自分の選択肢を考えてみた。通りには車も人も見あたらなかった。そのふたりとおれだけだ。あまりに静かなので、引き金にわずかに力がかかる音まで聞こえた。

「いいさ」とブリンヒルドセンは言った。「おまえなんかいなくても、女は見つけられるからな」

そのとおりだった。こけおどしではない。

「わかった」とおれは言った。「あの女をさらったのは、取引きの道具にしたかったからにすぎない。あの男がホフマンの息子だなんて知らなかったんだ」

「そんなことはおれの知ったことじゃない。おれたちはあの女が欲しいだけだ」

「じゃあ、連れにいこう」おれは言った。

# 13

「地下鉄で行かなきゃならないぞ」とおれは説明した。「彼女はおれが自分を守ってくれてると思ってるし、実際そうだ。でないと取引きに使えなくなるからな。だから三十分以内におれが帰らなかったら、何かまずいことが起きたと考えて逃げろ、と言ってあるんだ。車でおれのアパートまでクリスマスの混雑をぬけていくには、四十五分はかかる」

ブリンヒルドセンはおれをにらんだ。「なら電話して、ちょっとばかり遅くなると伝えろよ」

「おれのところには電話がない」

「ほう？　じゃ、なんだっておまえが店についたとき、ピザが用意してあったんだよ、ヨハンセン」

おれは大きな赤い厚紙の箱を見おろした。ブリンヒルドセンもばかではない。「公衆電話さ」

ブリンヒルドセンは髭を伸ばそうとするように、親指と人さし指で左右の口髭をなでた。それから通りの左右を見た。交通量を判断しているらしい。それに、コリナを逃がしたらホフマンになんと言われるかも、考えているのだろう。

「CPスペシャルか」これは若造のほうだった。にやにや笑いながら箱に顎をしゃくってみせた。「オスロ一うまいピザだろ、え？」

「黙ってろ」とブリンヒルドセンは言い、髭をなでるのをやめた。心を決めたのだ。

「ようし、地下鉄で行く。おまえのところの公衆電話からピーネに電話して、むこうへ迎えにきてもらう」


徒歩五分で地下鉄の国立劇場駅についた。ブリンヒルドセンはコートの袖を引っぱって拳銃を隠した。

「自分の切符は自分で買えよ、おれは払わねえからな」切符売り場の前に立つと、そう言った。

「来るときに買ったやつがまだ有効なんだ（一時間有効）」おれは嘘をついた。

「そりゃそうだ」とブリンヒルドセンはにやりとした。

おれとしては検札が来ることをつねに期待できたし、そうすれば快適で安全などこかの警察署に連行してもらえるはずだった。

地下鉄はおれの読みどおりに混んでいた。疲れた通勤客、ガムを噛んでいるティーンエイジャー、着ぶくれた男女と、ビニール袋からのぞくクリスマス・プレゼント。だからおれたちは立っているしかなかった。車輛の中央に陣取って、ぴかぴかの金属ポールにそれぞれつかまった。扉が閉まって、乗客の呼気がふたたび窓を曇らせはじめ、列車は走りだした。

「ホーフセテルか。おまえが西の郊外に住んでるとは思わなかったな」

「自分の思うことをなんでも信じちゃだめだな、ブリンヒルドセン」

「ほう？　それはたとえばおれが、ピザなんかはるばる市内まで来なくたってホーフセテルで買えただろうと思ってることを言ってるのか？」

「でも、CPスペシャルだぜ」と若造が感心したように言い、混みあった電車内でとんでもなく場所ふさぎになっている赤い箱を見つめた。「ホーフセテルじゃ――」

「黙ってろ。じゃ、ヨハンセン、おまえは冷えたピザが好きなのか？」

「おれたちは温めなおして食べる」

「おれたち？　おまえとホフマンのかみさんか？」ブリンヒルドセンは鼻でフンと笑い、

斧《おの》が落ちるような派手な音を立てた。「おまえの言うとおりだ、ヨハンセン。人間ての はたしかに、自分の思うことをなんでも信じちゃだめだな」

ああ。たとえばあんたは、おれみたいな男をホフマンが生かしておくという話をおれが真《ま》に受けてるなんて、信じちゃだめなんだ。そしてそんな話を真に受けていないとすれば、おれみたいな男が形勢を逆転する手段も講じないなんて、思いこんじゃだめなんだ。ブリンヒルドセンの左右の眉は、鼻筋のいちばん上でつながりかけていた。

もちろん、その奥で考えていることは読めなかったが、おれのアパートでコリナとおれを射殺するつもりだということは想像がついた。それから銃をおれの手に握らせて、おれがコリナを撃ってから自殺したように見せかけるのだろう。愛に狂った求愛者、よくある話だ。オスロ郊外の谷間の湖あたりに捨てるよりいい。コリナが失踪したとなれば、夫は自動的に重要容疑者になるし、ホフマンはたたけば埃の出る体なのだから。まあ、おれがブリンヒルドセンだったらそうするだろう。だが、ブリンヒルドセンはおれではない。未熟な手下を連れているし、片方の袖に拳銃を隠したまま反対の手でポールをゆるく握ってはいても、バランスを保てるほど両脚を広げてはいない。この路線に初めて乗る連中はみんなそうだ。おれはカウントダウンを始めた。揺れのひとつひとつ、動きのひとつひとつは、すべて頭にはいっていた。

「持ってろ」とピザの箱を若造の胸に押しつけると、若造は思わずそれを受け取った。

「おい!」ブリンヒルドセンがけたたましい金属音に負けじと声をあげ、銃を持ったほうの手をあげた。その瞬間、列車がポイントを通過して、車輛がぐんと大きく揺れ、やつは反射的に腕を広げてバランスを取ろうとした。おれはもう動きだしていた。両手でポールをつかみ、頭をその後ろまで思いきり反《そ》らせた。狙うのはやつの鼻筋のてっぺん、両の眉がつながりかけているところだ。ものの本によれば、人間の頭というのは重さが四・五キロぐらいあるらしいから、時速七十キロだと、おれにはとうてい計算できないような力が加わることになる。ふたたび頭を引いたときには、ブリンヒルドセンのつぶれた鼻から血しぶきが飛んでいた。眼はすっかり白眼になり、まぶたの下に少しだけ瞳がのぞいているだけで、やつはペンギンみたいに両腕をぴんと横に広げている。もうノックアウトされているのがわかったが、絶対に息を吹き返さないようにする必要があった。両手を取ってふたりでフォークダンスでもやっているように見せかけながら、片手で袖の中にある銃をつかんだ。それからもういちど、一発目と同じところを狙った。やつをぐっと引きよせ、鼻に頭突《ずつ》きを食らわせた。折れてはいけないものが折れたような音がした。おれは手を放したが、銃だけは放さなかった。やつは床にくずおれ、まわりの乗客がはっとして遠ざかろうとした。

おれはくるりと振り向いて、見習いに銃を向けた。そのとき、スピーカーから鼻にかかったいかにも無関心な声がした。「マヨールストゥーエン」

「おれはここで降りる」とおれは言った。

若造はピザの箱を持ったまま眼をまんまるにし、ふざけているようにも見えるほどあんぐりと口をあけていた。だが、案外と数年で経験を積んで、銃を持っておれを追ってくるかもしれない。いや、数年どころではない。こういう若いやつらは三、四カ月で必要なことをすべて身につける。

列車はブレーキをかけながら駅にはいった。おれは扉のほうへあとずさった。周囲にはにわかに広々とした空間ができていた。乗客は壁に身を寄せておれたちを見つめている。赤ん坊がひとり、母親にばぶばぶ言っているが、あとはみな物音ひとつ立てない。列車が停まり、扉がひらいた。おれはもう一歩さがり、降り口で立ちどまった。そこから乗ろうとしていた乗客は、賢明にもほかの扉へまわった。

「よこせ」とおれは言った。

若造は反応しなかった。

「よこせ」こんどはもっと声を強めた。

若造は眼をぱちくりさせたが、何を言われているのかまだ気づかなかった。

「ピザだ」

やつは夢遊病者のようにぼんやりと一歩近づいてきて、赤い箱を渡してよこした。おれは後ろ向きにホームに降りた。銃をまっすぐ若造に向けたままそこに立ち、ここで降りるのはおれだけだということをはっきり伝えた。見ると、ブリンヒルドセンは床に伸びていたが、片方の肩がかすかに痙攣《けいれん》していた。死にかけてはいても完全には死んでいない生物に、電気を流したみたいに。

扉が閉まった。

汚れが縞《しま》になったその薄汚い窓のむこうから、若造はおれを見つめていた。列車は郊外のホーフセテル方面へ走りだした。

「まいどアリゲーター」そうつぶやいておれは銃をおろした。

パトロールカーのサイレンに耳を澄ましながら家路を急いだ。サイレンが聞こえたとたん、閉まっている本屋の入口にピザの箱を置いて、駅のほうへもどりはじめた。青いライトが通りすぎるとまた向きを変え、急いで本屋にもどった。ピザの箱は何ごともなくそこにあった。さっきも言ったように、おれは最初のひと口を味わうコリナの顔を見るのを楽しみにしていたのだ。

# 14

「あなたは訊きもしない」コリナは闇の中でそう言った。

「うん」

「どうして訊かないの？」

「とくに知りたくもないからじゃないかな」

「でも、不思議に思ってるはずよ。父親と息子なんて……」

「話したいことがあったら、話したくなったときに話すだろうと思ったんだよ」

ベッドがきしみ、コリナがこちらを向いた。「あたしがなんにも話さなかったら？」

「なんにも知らずに終わるだろうな」

「あなたのことがさっぱりわからない。どうしてあたしを助けたいと思ったの？　あたしなんかを。あなたみたいなすてきな人が、あたしみたいな見下げはてた女を」

「見下げはてた、なんてことはないさ」

「どうしてわかるのよ。何ひとつ訊きもしないくせに」

「きみがいまここで、おれといっしょにいることはわかってる。それで充分だよ、とりあえずは」

「そのあとは？　かりに、ダニエルにやられる前にダニエルをやっつけたら。ふたりでパリへついたら。生きていけるだけのお金をどうにか稼げるようになったら。それでもあなたはまだ疑問に思ってるのよ。義理の息子の愛人でいられるなんて、こいつはどういう女なんだろうって。だってそんな人間を誰が心から信頼できる？　人をそんなふうに裏切れる人間を……」

「コリナ」と言いながら、おれは煙草に手を伸ばした。「おれが何を疑問に思ってるか、何を疑問に思ってないか、気になったらいつでも訊いてくれよ。おれが言ってるのは要するに、きみしだいだということさ」

彼女はおれの二の腕をそっと噛んだ。「あなた、あたしに何を言われるか怖いんでしょ、ちがう？　あなたの思ってるような女じゃないと言われるのが怖いんでしょ？」

煙草を一本ぬいたが、ライターが見つからなかった。「あのさ。おれは人を殺して日々のパンを得ることを選んだ男なんだ。人の行動や決断についても、少しばかり大目に見る傾向があるんだよ」

「そんなの信じない」

「え？」

「そんなの信じない。あなたは隠そうとしてるだけだと思う」

「何を？」

唾を呑みこむ音がした。「あたしを愛してることを」

おれは彼女のほうを向いた。

窓から射しこむ月の光で、うるんだ眼がきらきら光っていた。

「あなたはね、あたしを愛してるのよ、ばか」と、彼女はおれの肩を力なくたたいた。

「あたしを愛してるのよ、ばか。あたしを愛してるのよ、ばか」そう何度も繰りかえすうちに、眼から涙があふれてきた。

おれは彼女を抱きよせた。そうしていると肩が涙で温かくなり、やがて冷たくなった。

やっとライターが見つかった。空になった赤い厚紙の箱の上にのっていた。これまでは疑念がなくもなかったが、今はもうはっきりしていた。コリナはＣＰスペシャルが好きだ。そしておれが好きだ。

# 15

クリスマス・イヴの前日。

ふたたび寒くなっていた。つかのまの穏《おだ》やかな天候は終わったのだ。角の電話ボックスから旅行代理店に電話をかけ、パリ行きの飛行機代がいくらか教えてもらった。またかける、と言って電話を切った。それから《漁師》に電話した。

ホフマンを始末するかわりに金が欲しい、前置きぬきでそう言った。

「そんなことを電話で話していいのか、オーラヴ」

「あんたは盗聴されてないよ」おれは言った。

「どうしてわかる？」

「ホフマンが電話会社の男に金をつかませていて、どの電話が盗聴されてるのか知ってるんだ。ホフマンもあんたもリストにのってない」

「おれはおまえの困りごとを解決するのに手を貸してやってるんだぞ。なんでそれに金るからさ」

を払わなきゃならねえ？」

「ホフマンという邪魔者がいなくなれば、こんなのははした金に思えるほどの金を稼げるからさ」

間。だが、長い間ではなかった。

「いくらだ？」

「四万」

「わかった」

「現金で。あしたの朝いちばんで店に取りにいく」

「わかった」

「もうひとつ。今夜店に行くのはやめる――ホフマンの手下がちょっと近くまで迫りすぎてる。七時にビスレット・スタジアムの裏へバンを迎えによこしてくれ」

「わかった」

「棺とバンは手にいれたか？」

《漁師》は返事をしなかった。

「すまない」とおれは言った。「何もかも自分で準備するのに慣れてるもんで」

「あとはいいか？」

おれたちは電話を切った。おれはそのまま電話機を見つめていた。《漁師》はひと言の文句も言わずに四万という金額に同意した。おれは一万五千でも満足していただろう。あの古狸《ふるだぬき》がそれを知らなかったのか？　そんなはずはない。そう、そんなはずはない。おれは自分を安売りしてしまったのだ。六万と言えばよかった。八万とか。だがもう遅い。条件を交渉しなおせたことに満足するしかない。

仕事の前はいつも緊張する。だが、残りが二十四時間を切ると、だんだん緊張が解けてくる。

今回も同じだった。

旅行代理店に立ちよって、パリ行きの切符を二枚、予約した。モンマルトルの小さなホテルを薦められた。値段はお手ごろですが、こぢんまりしていてロマンチックですよ、とカウンターの女は言った。

「いいね」とおれは答えた。

「クリスマス・プレゼントですか？」女はにっこりしながら、おれの名前によく似た名前を予約簿にタイプした。だが、まったく同じ名前ではない。今はまだ。出発する直前に訂正するつもりだ。女の名前は、この代理店の制服らしい黄緑色の上着につけたバッジに書いてあった。濃い化粧。ニコチンに染まった歯。日焼けした肌。添乗員として南国へ行くのも仕事のうちなのかもしれない。おれは明日の朝に残金を支払いにくると伝えた。

通りに出ると、左右を見た。暗がりを警戒して。

帰る道すがら、自分がマリアのまねをしているのに気づいた。

それ。で。ぜんぶ。

「必要なものはなんでもパリで買えるさ」おれはコリナに言った。コリナはおれよりずっと緊張しているようだった。

六時までには、銃を分解して掃除し、オイルを引き、組み立てなおし、弾倉を満たしていた。それから浴室でシャワーを浴びて着替えた。これから起こることを頭の中でひととおり考えた。クラインには絶対に背中を向けないようにしなければならない。黒のスーツを着ると、肘掛け椅子に腰をおろした。おれは汗をかいていた。コリナは凍えていた。

「気をつけてね」彼女は言った。

「ありがとう」そう言うと、おれは立ちあがってアパートを出た。

# 16

古いスケート場兼サッカー場の裏手の坂の暗がりで、おれは足踏みをしていた。《アフテンポステン》紙によると、今夜からぐんと冷えこんで、これから数日は記録破りの寒さに見舞われるらしい。

黒いバンが歩道ぎわに停まったのは、ちょうど七時だった。一分たりとも早くないし、一分たりとも遅くもない。幸先がいい。

後ろのドアをあけて飛び乗った。クラインとデンマーク人がそれぞれの白い棺に腰かけていた。おれの要求どおり、黒のスーツにワイシャツ、ネクタイといういでたちだ。デンマーク人は喉音のきつい自国語で何やら剽軽《ひょうきん》なことを言っておれを歓迎してくれたが、クラインはじろりとこちらをにらんだだけだった。おれは三つめの棺に腰かけて、運転席とのあいだの窓をたたいた。今夜の運転手は、最初に魚屋に行ったときおれに気づいたあの若い男だった。

リス教会までの道は、静かな住宅地をくねくねと通りぬける。外は見えなかったが、どんな感じかはわかっていた。

おれはくんくんとにおいを嗅いだ。《漁師》は自分のところの配達バンを使ったのだろうか？　だとしたら、偽のナンバープレートに交換してあるといいのだが。それが本人のためだ。

「このバンはどこから持ってきた？」おれは訊いた。

「エーケベルグに駐まってた」とデンマーク人が言った。「《漁師》が葬式にふさわしいやつを見つけてこいと言うんでさ」とけたたましく笑った。「〝葬式にふさわしい〟だぜ」

じゃあ、どうして魚くさいんだ、とは訊かなかった。このふたりのせいだと気づいたからだ。そういえばおれ自身も、あの奥の部屋を訪れたあとは魚くさくなっていた。

「てめえのボスを始末しにいくってのは、どんな気分だ？」クラインがだしぬけに訊いてきた。

クラインとは言葉を交わさなければ交わさないほどいい。「わからない」

「いや、わかってるさ。言えよ」

「ほっといてくれ」

「いやだね」

あくまでも答えさせるつもりらしい。「第一に、ホフマンはおれのボスじゃない。第二に、おれは何も感じない」

「いや、あいつはおまえのボスだ！」うなるような低い声に怒りがこもっているのがわかった。

「それならそれでいい」

「なんであいつがおまえのボスじゃないんだよ」

「どうでもいい」

「なあ、おまえ。今夜はおれたちに助けてほしいんだろ？　礼に何かよこしちゃどうだ？」と、親指と人さし指をこすりあわせてみせた。

バンが急激に曲がったので、おれたちはつるつるした棺の蓋の上を滑った。

「ホフマンはおれの仕事に一丁《ユニット》いくらで金を払う」とおれは言った。「つまりあいつはおれの顧客だ。ただし――」

「顧客？」とクラインは言い返した。「で、マオが一丁だと？」

「マオというのがおれの始末したやつだとすれば、マオは一丁だ。あんたが深い愛着を抱いてた相手だとしたら申し訳ないが」

「深いあいちゃ――」そこで声がうわずった。クラインはわめくのをやめて、大きく息を吸った。「じゃ、おまえはどのくらい生きるつもりでいるんだ、始末屋さんよ」

「今夜はホフマンがユニットだ。おれたちはそれに集中したほうがいい」

「で、あいつを始末したら、また別のやつがユニットになるのか」

クラインは憎しみを隠そうともせずにおれをにらんだ。

「あんたはボスを持つのがえらく好きなようだから、《漁師》にあたえられた命令を思い出させるべきかな」おれは言った。

クラインは物騒なショットガンを持ちあげようとしたが、デンマーク人がその腕に手をかけた。「よせよ、クライン」

バンがスピードを落とした。若い男がガラスごしに言った。「吸血鬼のベッドにはいるお時間だぜ」

おれたちはそれぞれダイヤモンド形の棺の蓋を持ちあげて、中にはいりこんだ。おれはクラインの棺の蓋が閉まるのを見届けてから、自分の蓋をおろした。蓋は内側から二本のネジで固定するようになっていた。ずれない程度に。二、三回まわすだけで。あまりきつくなく。時が来たら押しのけられるように。もう緊張はしていなかった。それなのに膝が震えていた。不思議だ。

バンが停まった。ドアがあいて閉まり、外で声がした。

「悪いね、地下聖堂を使わせてもらっちゃって」運転手の声だ。

「お安いご用だ」

「運ぶのを手伝ってもらえると聞いたんだけど」

「ああ、死人はあんまり手伝ってくれないだろうからな」

ガハハという笑い。出迎えてくれたのは墓掘り人だろう。バンの後ろのドアがあいた。おれの棺がドアのいちばん近くにあった。持ちあげられたのがわかった。精いっぱいじっとしていた。底と側面に空気穴があけてあり、棺が歩廊へ運ばれていくと、暗い内部に光の筋が射しこんできた。

「じゃ、これがトロンハイム街道で亡くなったっていう家族かい」

「ああ」

「新聞で読んだよ。気の毒に。北へ運んで埋葬するんだよな？」

「ああ」

くだっていくのがわかり、体が後ろへ滑って頭が棺の端にぶつかった。くそ、棺というのは足のほうを先にして運ぶものじゃないのか。

「時間がなくてクリスマス前には運べないわけか？」

「埋葬されるのはナルヴィクだから、車で二日かかる」小刻みな足取り。狭い石の階段にさしかかったのだ。そこはよく憶えていた。

「飛行機で送ればいいじゃないか」

「遺族にはその金が負担なんだ」若い男は言った。なかなかうまくやっていた。うるさく質問されたら、葬儀屋で働きはじめたばかりだと言え、と指示してあった。

「だからそれまでどこかの教会に置いときたいと」

「そう。クリスマスのあいだね」

棺がまた水平になった。

「まあ、そりゃわかるな。それに場所ならここにはたっぷりある。見てのとおり、あの棺だけだから。あした埋葬されるんだ。ああ、蓋はあけてあるんだ。もうすぐ遺族が対面に来るんで。こいつはあの足場の上に置きゃいい」

「じかに床へ置いてかまわないよ」

「棺をコンクリートの床に置くってか？」

「ああ」

ふたりは立ちどまった。思案しているようだった。

「ま、好きにするさ」

棺がおろされた。頭のほうがこすれる音がし、足音が遠ざかっていった。

おれはひとりになった。穴から外をのぞいてみた。誰もいない。死体だけだ。ユニットだけ。おれのこしらえた死体。

前回来たときも、おれはひとりぼっちだった。棺の中のおふくろはしぼんでいて、とても小さく見えた。おふくろの魂は普通の人間の場合より、体内で大きな場所を占めていたのかもしれない。おふくろの家族が来ていたが、おれとは初対面だった。おふくろが親父といっしょになったとき、祖父母は娘と縁を切ったのだ。身内が犯罪者と結婚するなど、祖父母にも、おじやおばにも、耐えられないことだった。唯一の救いは、おふくろがその男といっしょに街の東側へ引っ越してくれたことだった。去る者は日々に疎《うと》しだ。眼に触れなければ、忘れられる。だが、おれは眼に触れた。祖父母の眼にも、おじやおばの眼にも、はっきりと。それまでおれにとって親戚《しんせき》というのは、おふくろが酔うかハイになるかすると話題にする連中でしかなかった。おれが親戚から初めてかけられた言葉は、「ほんとに残念ね」だった。二十人ほどの人間が、街の西側のおふくろの育った家からほんのすぐのところにある教会で、どれほど残念かを口にしていた。そのあとおれは街の東側へもどり、そいつらとは二度と顔を合わせていない。

ネジがはずれていないのを確かめた。

ふたつめの棺が運ばれてきた。

足音がまた遠ざかっていった。時計を見た。七時半。

三つめの棺が運ばれてきた。

運転手と墓掘り人は去っていき、クリスマスの食事のことを話しているふたりの声も、階段の上へ消えていった。

ここまではすべて計画どおりに進んでいた。

おれがナルヴィクの遺族になりかわって電話をかけ、クリスマスのあいだ三つの棺を地下聖堂に置かせてもらえないかと頼んだとき、牧師はもちろんそれを拒まなかった。おれたちは位置についており、運がよければあと三十分でホフマンがここへやってくるはずだった。ボディガードを外に残してきてくれる可能性も充分にあった。いずれにしろ、こちらは完全に不意をつけると言ってよかった。

腕時計の夜光文字盤が闇の中でぼんやりと光っていた。

十分前。

八時。

五分過ぎ。

ふと思い出した。あの書きかけの手紙。あれがまだトレイの下にある。なぜ処分しなかった？　たんに忘れたのか？　そしておれはなぜこんなことを自問しているのか？

コリナにあれを見られたらどうするとは考えずに。コリナに見てほしいのか？　そんな疑問の答えがわかれば、金持ちになれる。

外で車の音がした。ドアがばたん、ばたんと閉まる。

階段に足音。

下までおりてきた。

「安らかな顔ね」と、静かな女の声がした。

「ほんと、きれいに見えるようにしてくれてあるじゃない」年輩の女の涙声。

男の声がした。「車にキーを挿しっぱなしにしてきちゃったな、ちょっと取りに——

——」

「あなたはどこにも行かないの、エーリク」と若いほうの女が言った。「ほんとに意気《いく》地《じ》がないんだから」

「でも、おまえ、車が——」

「教会の庭なのよ、駐めてあるのは！　何が起こるっていうの？」

おれは横の穴から外をのぞいた。

ダニエル・ホフマンがひとりで来てくれることを期待していたのだが、全部で四人いた。みな棺のむこう側に立ってこちらを向いている。ひとりは頭の禿げかけた男で、ダニエルと同年輩だ。ダニエルにはあまり似ていない。義弟だろうか。だとすると、横にいる女とも釣り合う。三十代で、十一、二歳の女の子を連れている。ホフマンの妹と姪だろう。家族らしく似ている。それに半白の髪をした年輩の女。こちらはダニエルにそっくりだ。姉か？　若い母親か？

だが、ダニエル・ホフマンはいない。

ダニエルは自分の車で来るのだ。おれはそう自分を納得させようとした。一族全員が同じ車でやってきたら、むしろ驚きだろうと。

それが裏づけられたのは、生えぎわの後退しかけた義弟が腕時計に眼をやったときだった。

「ベンヤミンが跡を継ぐことにずっとなっていたのにねえ」と年輩の女が鼻をすすった。

「ダニエルはこれからどうするつもりかしら」

「お母さん」と若いほうの女が警告するように言った。

「あら、エーリクが知らないなんてふりをするのはやめて」

エーリクは上着の肩を上下させ、のけぞってみせた。「そりゃ、ダニエルの商売にどんなことがともなうかは知ってますよ」

「なら、ダニエルの具合がどのくらい悪いかも知っているわね」

「ええ、エリーセから聞いてます。でも、わたしたちはあまりつきあいがありませんから。ダニエルとも、その……ええと……」

「コリナともね」エリーセが言った。

「なら、もっと会うようにするときかもしれない」年輩の女は言った。

「お母さん！」

「わたしはただ、ダニエルがいつまでいてくれるかわからないと言っているだけよ」

「あたしたちはダニエルの商売と関わるつもりはないの。ベンヤミンがどういう目に遭ったか考えてみてよ」

「しっ」

階段をおりてくる足音。

男がふたりはいってきた。

ひとりが年輩の女を抱きしめてから、若いほうの女と義弟にそっけなくうなずいてみせた。

ダニエル・ホフマン。もうひとりはピーネだった。さすがにいまは口を閉じている。

ふたりは棺の手前に、こちらに背を向けて立った。申し分ない。始末すべき標的が武器を持っているかもしれない場合、おれはなんとしても背後から撃てる位置に自分をもっていく。

銃把をしっかり握った。

そして待った。

毛皮の帽子の男を。

だが、来なかった。

教会の外で待機しているにちがいない。

それなら最初はやりやすくなる。だが、あとで対処しなければならない潜在的脅威になる。

デンマーク人とクラインへの合図は単純だった。おれが叫ぶのだ。

いまそうしてはいけない論理的な理由は、この世にひとつもなかった。だが、まだその時ではないという気がした。ほかのすべての瞬間のあいだにはさまれた、ひとつの特別な瞬間があるはずだった。スキーのストックと親父のときのように。

小説でもそうだ。何かが起こる時を著者が厳密に決めていて、それが起こることは著者がすでにそう書いているから読者にもわかっているのに、まだ起こっていない場合。それは物語の中に適切な場所があるということだから、読者はもうしばらく待たなくてはならない。そうすればものごとは正しい順序で起こることができる。

おれは眼を閉じて、時計がカウントダウンしていくのを感じていた。バネが張りつめていくのを。つららの先端で雫《しずく》がふくらんでいくのを。

するとついにその瞬間が来た。

おれは叫び声をあげて、蓋を押しのけた。

# 17

そこは明るかった。明るくて気持ちがよかった。おまえは高熱を出したのだと、おふくろが説明してくれた。往診にきてくれた先生が言うには、何日か寝ていないといけないし、水をたくさん飲まないといけないけれど、心配することはないそうだと。そのときおれは、おふくろが心配しているのがわかった。だが、怖くはなかった。平気だった。眼を閉じても、それはまぶたのむこうで明るく、温かく、赤々と輝いていた。おれはおふくろの大きなベッドに寝かされていて、まるであらゆる季節が部屋を通りぬけていくような気がした。穏やかな春が、燃えるような夏になり、額から汗が夏の雨のように流れて、腿《もも》に貼りつくシーツに伝いおちた。それからようやくほっとする秋が訪れ、澄みきった空気と澄みきった意識がもどってきたが、やがて突然また冬になり、歯をかちかち鳴らしながら、眠りと夢と現実の中を長いこと漂った。

おふくろは図書館から本を借りてきてくれた。ヴィクトル・ユゴーの『レ・ミゼラブル』。表紙には〝短縮版〟の文字があり、その上に幼いコゼットの絵があった。エミール・バヤールによるオリジナルの挿絵だ。

読んでは夢を見、夢を見ては読んだ。場面をつけくわえたり、削ったりした。しまいにはどこまでが著者の創り出したもので、どこまでが自分の考え出したものか、わからなくなった。

おれは自分の物語を信じた。ヴィクトル・ユゴーは正直に語っていないのだと思った。ジャン・ヴァルジャンはパンを盗んだのではないし、パンを盗んだがゆえに償いをしなければならなかったのでもない。ヴィクトル・ユゴーは読者が主人公を応援しなくなると困るので、真実を語らなかったのだろう。本当はジャン・ヴァルジャンは誰かを殺したのだ。人殺しなのだ。でもジャン・ヴァルジャンは善人だから、相手は殺されて当然の人間だったにちがいない。そうだ、そうにちがいない。ジャン・ヴァルジャンは悪いことをしたやつ、報いを受けなければならなかったやつを殺したのだ。おれはそう思った。パンを盗んだという話が気にいらなかった。だから物語を書きなおした。もっといいものにした。

こうだ。ジャン・ヴァルジャンは危険な人殺しで、フランスじゅうのお尋ね者になっている。彼は不幸な娼婦ファンテーヌに恋をする。恋するあまり、ファンテーヌのためならどんなことでも喜んでする。彼のすることはすべてファンテーヌのためであり、愛と狂気と献身から出たものだ。自分の死後の魂を救うためでも、同胞への愛のためでもない。彼は美に屈するのだ。そう、それが彼のしたことだ。病気で死にかけたこの歯も髪もない娼婦の美に屈服したのだ。誰ひとり美など想像できないところに美を見たのだ。だからその美は彼だけのものであり、彼はその美の僕《しもべ》なのだ。

熱が下がりはじめるまでに十日かかったが、おれには一日のように思えた。おれが回復すると、おふくろはベッドの縁に腰かけ、おれの額をなでて静かに泣きながら、危ないところだったのだと教えてくれた。

おれは自分の行っていた場所へもどりたいと言った。

「だめよ、そんなことを言っちゃ！」

おふくろがどんなことを考えているかはわかった。おふくろにもつねにもどりたい場所があったからだ。酒瓶の中で旅をできる場所が。

「でも、死にたいわけじゃないんだよ、ママ。お話を作りたいだけなんだ」

# 18

おれは膝立ちになって両手で拳銃をかまえた。

ピーネとホフマンが振り返るのが、ほとんどスローモーションで見えた。茶色のコートから白い羽毛が飛び散り、雪のように宙を舞った。ピーネもコートから銃を引っぱり出してぶっ放したが、腕がうまくあがらなかった。弾は床や壁にあたり、石造りの地下室を騒々しく跳ねまわった。クラインがおれの隣の棺の蓋を押しのけたのが眼の隅に見えたが、まだ這い出してきてはいなかった。弾の雨が嫌いなのかもしれない。デンマーク人は棺から体を出してホフマンに狙いをつけていたが、地下室のいちばん端に置かれたため、ホフマンの真後ろにいるおれに射線をさえぎられていた。おれはすばやく体を引きながらホフマンのほうへ銃を振り向けた。だが、やつは驚くほど敏捷《びんしょう》だった。棺のむこうの女の子めがけて身を投げ、その子を引っさらって壁ぎわに着地した。残りの家族は塩の柱のように棒立ちになったまま、唖然《あぜん》としている。

ピーネはベンヤミン・ホフマンの棺をのせた台の下に倒れていた。コンクリートの床に血と脊髄液《せきずいえき》。銃を持った手が制御不能の男根のように体からおっ勃《た》ち、あちこちを向いてでたらめに弾をぶっ放している。グロックだ。装弾数が多い。誰かにあたるのも時間の問題だ。おれはもう一発ピーネに撃ちこんだ。クラインの棺を蹴りつけてから、ふたたびホフマンに銃を向けてぴたりと狙いをつけた。ホフマンは壁を背にして床に座りこんでいた。女の子を膝にのせ、痩せた胸に腕をまわしてがっちりと抱きかかえ、反対の手で女の子のこめかみに銃を押しあてている。女の子はじっと座ったまま、大きな茶色の眼でまじろぎもせずにおれを見ていた。

「エーリク……」妹だった。眼は兄に向けているが、言葉は夫に向けたものだった。

それで、頭の禿げかけた男はようやく反応した。義兄のほうへ一歩、頼りなく踏み出した。

「それ以上来るな、エーリク」とホフマンは言った。「こいつらはおまえを狙ってるんじゃない」

だが、エーリクは立ちどまらずに、ゾンビのようにふらふらと前進をつづけた。

「くそ！」とデンマーク人が悪態をつき、自分の銃を振ったりたたいたりした。作動しないのだ。弾づまりだろう。ど素人め。

「エーリク！」とホフマンはまた言い、銃を義弟に向けた。

エーリクは娘のほうへ両手を差しのべた。唇を湿し、「ベティーネ……」と言った。

ホフマンは撃った。義弟は後ろへよろけた。腹を撃たれて。

「来てみやがれ、この子を撃つぞ！」ホフマンはわめいた。

おれの横で深い溜息が聞こえた。クラインだった。いつのまにか立ちあがり、銃身を切り落としたショットガンをホフマンに向けてかまえていた。だが、台にのったホフマン・ジュニアの棺が邪魔になり、しかたなく棺に一歩近づいた。

「さがれ、この子を撃つぞ！」わめくホフマンの声が裏返った。

クラインはショットガンを四十五度下へ向け、それが顔の前で破裂するのを恐れるかのように、身をのけぞらせて銃から顔を離した。

「クライン、やめろ！」おれは言った。

クラインは何かが破裂するのはわかっていても、いつ破裂するのかわからないときにやるように、眼をつむった。

「サー！」と、おれはホフマンと視線を合わせようとしながら叫んだ。「サー！　その子を放してください、お願いです！」

ホフマンはこのおれがそんなばかだと思うのか、というようにおれを見つめた。

くそ。なんでこんなことになったんだ。やめろ、と手をあげておれはクラインに近づいた。

ショットガンの銃声が轟《とどろ》き、煙が天井へ立ちのぼった。銃身が短いので、散弾は大きく散らばる。

女の子の白いブラウスが水玉模様でおおわれ、首の片側が裂けて口をあけた。ホフマンの顔は燃えあがったように見えたが、ふたりとも生きていた。ホフマンの銃が床を滑っていった。クラインは棺の上に身を乗り出して腕を伸ばすと、銃身を女の子の肩にのせて、姪の陰に必死で隠れようとするホフマンの鼻に銃口を押しつけた。

そしてもう一度撃った。ホフマンの顔が奥へめりこんだ。

クラインは興奮した狂人の顔でこちらを振り返った。「一丁あがりだ！　これでおまえも満足か？」

ショットガンには空薬莢《やっきょう》が二本はいっているだけなのはわかっていたが、クラインがそいつをおれのほうへ向けたら頭を撃ちぬいてやろうと思った。おれはホフマンに眼をやった。内側から腐った落ち林檎《りんご》みたいに、顔のまん中がくぼんでいた。死んだのだ。だからなんだ？　いずれにしろ死んだはずだ。みんな最後には死ぬのだ。だがおれは、少なくともホフマンには殺されずにすんだ。

おれは女の子のところへ行くと、ホフマンの首からカシミアのマフラーをむしり取って、血がどくどくとあふれている首に巻きつけてやった。女の子は眼全体をおおうような大きな瞳でおれを見つめているだけで、ひと言も口をきかない。階段から誰もおりてこないのをデンマーク人に確かめにいかせると、おれは孫娘の出血をできるだけ抑えるためにホフマンの母親に傷口を圧迫させた。クラインが物騒なショットガンに二本の装弾をこめなおすのが視野の隅に見えた。おれは自分の銃を握りなおした。

ホフマンの妹は夫のかたわらにひざまずいていた。夫は腹の上に手を重ねて、低い声で単調にうめいていた。傷口に胃酸がしみるのはひどく苦しいものだと聞いたことがある。とはいえ、この男は助かりそうだった。だが、女の子のほうは……くそ。この子が何をしたというんだ。

「で、これからどうするんだ？」デンマーク人が言った。

「静かに座って待つ」とおれは答えた。

クラインが鼻で笑った。「何を？　お巡《まわ》りをか？」

「車がエンジンをかけて走り去るのをだ」毛皮の帽子の下の静かな集中した表情を思い出した。あいつがそこまで仕事熱心でないといいのだが。

「墓掘りの野郎が――」

「黙れ！」

クラインはおれをにらんだ。ショットガンの先がわずかに持ちあがった。だが、おれの銃が自分のほうを向いているのに気づくと、やつはまたそれをおろした。そして黙りこんだ。

だが、黙らないやつがいた。台の下から声が聞こえてきた。

「くそ、くそ、くそったれの、くそったれめ……」

おれは一瞬、本人は死んだのに口が黙るのを拒んでいるのかと思った。胴体をふたつにちょん切られた蛇《へび》のように。そういう蛇は翌日までくねくねともがきつづけることもあるという。

「ふざけやがって、この野郎、ばか野郎、くそ野郎」

おれはやつの横にしゃがんだ。

ピーネの綽名《あだな》の由来が何かというのは、前々から議論の種だった。一説には、ノルウェー語の〝痛み〟という単語から来ているという。女が仕事をしないときにはその女のどこを切りつけてやればいいか、よく心得ているからだ。容貌をそこなう以上に苦痛をあたえ、しかもその傷が商品にあまりダメージをあたえない場所を。また一説には、英語の〝松《パイン》〟から来ているともいう。脚がやけに長いからだ。だがいまピーネは、自分の秘密を墓場まで持っていこうとしているようだった。

「ううう、この短小で、包茎の、人殺しめ！　ちきしょう、痛えじゃねえかよ、オーラヴ！」

「もうそんなに長くは痛まないと思う」

「そうか？　くそ。煙草を取ってくれねえか？」

おれはやつの耳から煙草をぬいて、震える唇のあいだに差しこんでやった。煙草はひょこひょこ揺れたが、やつはどうにかそれをくわえた。

「ラ、ライターは？」

「悪い、煙草はやめたんだ」おれは言った。

「かしこいな。長生きするぜ」

「そんな保証はない」

「ああ、そうだな。あした、バ、バスにひひひかれるかもしれねえ」

おれはうなずいた。「外で誰が待ってる？」

「おまえ、汗をかいてるようだな。厚着のしすぎか、ストレスか？」

「答えろ」

「答えたら、な、何がもらえるんだ？」

「一千万クローネ、無税で。でなけりゃ煙草の火か。好きなほうを選べ」

ピーネは笑い、咽せた。「ソ連人だけだ。だけどあいつはきっと優秀だぞ。職業軍人とか、そんなやつだ。よく知らねえが。あんまりしゃべらねえから」

「銃は？」

「そりゃ持ってるさ」

「何を？　オートマチックか？」

「火のほうはどうなってるんだ？」

「あとでな」

「死にかけてる人間に、ちっとは哀れみを見せろよ」ピーネは咳きこんでおれのワイシャツに血を吐いた。「よく眠れるようになるぜ」

「あんたがあの聾唖の女をむりやり街に立たせたあとみたいにか？　ボーイフレンドの借金を返させるために」

ピーネはきょとんとおれを見た。何かが楽になったというように、眼つきが妙にさえていた。

「ああ、あの女か」と静かに言った。

「おまえはあいつを、ご、誤解してるんだな」

「そう、あの女だ」

「へえ？」

「むこうからおれのところへ来たんだ。あいつがあの男の借金を返したがったんだよ」

「彼女が？」

ピーネはうなずいた。なんだか気分がよくなってきたようにも見えた。「おれはだめだと言ったんだ。だってそんなにかわいくもねえし、客の要求が聞こえない女なんかに誰が金を払う？　おれがうんと言ったのは、あいつがどうしてもと言うからだ。だけど、いったん借金を引き受けたら、その借金はもうあいつのもんだろ？」

おれは答えなかった。答えを持っていなかった。誰かが物語を書き換えたのだ。おれのバージョンのほうがよかった。

「おい、デンマーク人！」と、おれは入口のほうへ声をかけた。「ライターを持ってるか？」

デンマーク人は階段から眼を離さずに、銃を左手に持ちかえて右手でライターを取り出した。人間というのはどうしようもないほどに習慣の奴隷《どれい》だ。やつはそれを放ってよこし、おれは宙で受けとめた。シュッという音。黄色い炎。それを煙草に近づけ、吸いつけられるのを待った。だが、炎はまっすぐに燃えつづけた。おれはしばらくそうしていてから、親指をあげた。炎は消えた。

あたりを見まわした。血とうめき声。誰もが自分のことに集中している。だが、クラインだけはおれに集中していた。視線が合った。

「あんたが先に行け」おれは言った。

「なんだと？」

「あんたが先に階段をのぼるんだ」

「なぜ？」

「なんと言えばいいんだ？　あんたがショットガンを持ってるからか？」

「ショットガンなんかおまえに持たせてやる」

「そういうことじゃない。おれが行けと言うからだよ。後ろにいてほしくないんだ」

「なんだよ。じゃ、おれを信用してないってのか？」

「先に行かせるぐらいには信用してる」銃をやつに向けていないふりをする気さえ起こらなかった。「デンマーク人！　そこをどいてくれ！　クラインが行く」

クラインはおれをじっとにらみつけた。「憶えてろよ、ヨハンセン」

やつは靴を脱ぎすてると、音もなく石の階段の下まで歩いていき、身をかがめながらそろそろと暗がりへのぼっていった。

おれたちは眼をこらしてクラインを見ていた。クラインは足を止め、腰を伸ばしてすばやくいちばん上の段のむこうをのぞくと、すぐにまた身をかがめた。誰も見えなかったらしい。体を起こし、ショットガンを救世軍のギターのように両手で胸の高さに抱えて、またのぼりだした。てっぺんまで行くと、立ちどまってこちらを振り返り、のぼってこいと合図した。

デンマーク人があとにつづこうとするのを、おれは押しとどめた。

「ちょっと待て」とささやいた。そして十まで数えようとした。

二までいかないうちに連射音がした。

クラインは撃たれて、階段のてっぺんから後ろへすっ飛んだ。

途中に落下して滑りおちてきたが、もう完全に死んでいて、痙攣さえしていなかった。屠《ほふ》られたばかりの獣のように、重力で一段一段、ずるずると落ちてきた。

「やっべえ」おれたちの足もとで止まった死体を見つめて、デンマーク人がつぶやいた。

「ハロー！」おれは英語で呼びかけた。それが壁のあいだでこだまして、返事が返ってきたように聞こえた。「あんたのボスは死んだ！　仕事は終わったんだ！　ソ連へ帰れ！　これ以上ここで頑張っても、誰も金を払ってくれないぞ！」

耳を澄ました。デンマーク人にピーネの車のキーを見つけてこいとささやいた。やつがそれを持ってくると、階段の上に放った。

「車が走り去るのが聞こえるまで、おれたちは出ていかない！」と叫んだ。

耳を澄ました。

そこでようやく、つたない英語で返事があった。「ボスが死んだ証拠ない。もしかしたらつかまってる。ボスをくれたらおれ帰る。おまえたち助かる」

「やつはまちがいなく死んでる！　見にこいよ！」

ソ連人は笑った。「ボスに来てほしい」

おれはデンマーク人を見た。

「どうする？」と、デンマーク人はまぬけな脇役みたいにささやいた。

「首を切ろう」おれは言った。

「なに？」

「中へもどって、ホフマンの首を切ってこい。ピーネがのこぎりみたいな刃をしたナイフを持ってる」

「だけどその……どっちのホフマンだ？」

こいつはちょっと鈍いのか？「ダニエルだ。やつの首が、おれたちがここから出ていくための切符だ、わかったか?」

わかっているようには見えなかった。だがとにかく、言われたとおりにはした。

おれは戸口に立って階段を見張っていた。背後で静かな話し声がした。とりあえず落ちついたようだったので、そのあいだに自分の頭を整理してみた。緊張した状況ではいつもそうだが、雑多な考えが入り混じっていた。たとえば、クラインの上着が脱げかけていて、内側のラベルからレンタル品だということがわかるが、もはや銃弾で穴だらけになっているから、店側は返してほしがらないだろうとか。ホフマンとピーネとクラインの死体がすでに教会にあって、空いた棺がちょうど三つあるとは、なんとも手回しがいいとか。飛行機の座席は翼のすぐ前を予約してあるし、コリナは窓側にしてあるから、着陸のときにはパリがよく見えるだろうとか。

有益なことも考えていた。おれたちのバンの運転手はどうしているか? まだ教会の下の道でおれたちを待っているか? 銃声が聞こえたとしたら、最後の銃声は自動火器のものだとわかったはずだが、おれたちはそんなものを持っていない。最後に聞こえたのが敵の銃声だというのは、かならず悪い知らせだ。命令ははっきりしているが、あいつは冷静でいられるか? 近所の人間が銃声を聞いていないか? あの墓掘りはこれをどう考えているか? おれたちは予定よりだいぶ時間を食っている。出ていかざるをえなくなるまで、あとどのくらい時間があるか？

デンマーク人が戸口へもどってきた。顔面蒼白《そうはく》だった。だが、手にぶらさげている首ほどではなかった。おれはそれが正しいほうのホフマンであることを確かめると、階段の上へ放り投げろと手まねで伝えた。

デンマーク人はホフマンの髪を二、三回手に巻きつけると、階段をちょっと駆けあがり、ボウリングでもするように脇から腕を振りあげて手を離した。首は髪をなびかせて上へ飛んでいったが、角度が急すぎたので天井にぶつかって階段に落ち、固ゆで卵をスプーンでたたいたときのようなぐしゃっという音をさせて転げ落ちてきた。

「ちょっと手元が狂った」デンマーク人はそうつぶやくと、もういちど首をつかみ、足の位置をずらし、集中のために眼を閉じて何度か深呼吸をした。おれは自分が精神的に限界に来ているのがわかった。いまにも笑いだしそうだったのだ。デンマーク人は眼をあけると、二歩駆けあがり、腕を振りあげて手を離した。重さ四・五キロの人間の首はきれいな弧を描いて階段のてっぺんを越え、床に落ちた。それから弾んで歩廊を転がっていく音がした。

デンマーク人は肘でおれをこづいて、どうだという顔をしたが、何か言うのは控えた。

おれたちは待った。なおも待った。

やがて車のエンジンをかける音がした。空《から》ぶかし。ギアがガリガリとすさまじい音を立てた。バック。また空ぶかし。一速にしてはふかしすぎだ。車は甲高いうなりをあげながら、運転に慣れていない人間に運転されて走り去った。

おれはデンマーク人を見た。やつは頬をふくらませてぷうと息を吐き、熱いものでも持っていたかのように右手を振った。

おれは耳を澄ました。じっと澄ました。パトロールカーのサイレンが、聞こえる前に感じられるかのように。その音ははるか遠くから冷たい空気の中を漂ってきた。ここまで来るにはまだしばらくかかりそうだった。

後ろを振り返った。女の子は祖母の膝に抱かれていた。息をしているかどうかはわからなかったが、顔にはもうまったく血の気がなかった。立ち去る前に地下室全体を見わたした。家族、死、血。一枚の写真を思い出した。三頭のハイエナと、腹を引き裂かれたシマウマの。

# 19

地下鉄の車内でマリアになんと言ったのか忘れたというのは嘘だ。いや、忘れたと言ったかどうかは定かでないが、忘れたと言おうとはたしかに思った。だが、実は憶えている。愛していると言ったのだ。人にそう言うのはどんな感じか試したくて。人形《ひとがた》の標的を撃つようなものだ。もちろん同じではないが、たんなる円形の標的を撃つのとはやはりちがう。だからもちろん本気で言ったわけではなく、標的上の人形を相手にする程度の本気だ。練習にすぎない。慣れるための。おれだっていつかは相思相愛の女に出会うかもしれない。そうなったとき、言葉につかえないほうがいい。だが、コリナにはまだ、愛していると実際に告げてはいない。そんなふうに正直に、撤回の可能性なしに、一《いち》か八《ばち》か口に出してはいない。こだまに空白を満たさせて、壁がふくらむほど沈黙を増大させてはいない。マリアにはたんに、線路が分岐ないし合流するポイントのところで言ったにすぎない。だから、まもなくコリナにそう言うかと思うと、胸が破裂しそうなほどどきどきした。言うのは今夜か？　パリ行きの飛行機の中でか？　パリのホテルでか？　もしかするとディナーを食べながらか？　そうだ、それなら完璧だ！

そんなことを考えながらデンマーク人とともに教会を出ると、身を切るような冷たい冬の空気を吸いこんだ。フィヨルドには氷が張っているというのに、まだ潮の味がした。パトロールカーのサイレンははっきりと聞こえるようになっていたが、チューニングの悪いラジオのように近づいたり遠ざかったりしていて、どの方角からやってくるのかは判断できなかった。

教会の下の道に、黒いバンのヘッドライトが見えた。

おれは凍った小径を、膝をこころもち曲げて小刻みな足取りで歩いていた。そういう歩き方は、ノルウェーでは子供のころに誰でも身につける。だがデンマークでは、雪も氷も多くないから身につかないのか、デンマーク人が遅れはじめたのがわかった。いや、遅れたのではないのかもしれない。このデンマーク人はおれより多くの氷の上を歩いてきたのかもしれない。こいつのことをおれはほとんど知らない。人のよさそうな丸顔と屈託《くったく》のない笑みを見て、陽気なデンマーク語を聞くと、言っていることはかならずしも理解できなくても、その言葉は耳に心地よく、神経を静めてくれる。デンマークのソーセージやデンマークのビール、デンマークの陽光について語り、はるか南の平坦な農地での穏やかな暮らしを教えてくれる。それがあまりにすばらしいので、こちらはつい油断してしまう。だが、おれなんかに何がわかる？　こいつはおれより多くの人間を始末してきたのかもしれない。だいたいなぜ、いまこんな考えが浮かんだのか？　不意にまた、時が何かを待っているような気がしてきたからか。特別な瞬間を。バネがきつく巻きあげられるのを。

おれは振り返ろうとしたが、結局、振り返れなかった。やつを責めることはできない。さっきも言ったように、おれだって武器を持った相手を撃つときには、なんとしても相手の背後につこうとするからだ。

銃声は教会の敷地に響きわたった。

最初の一発は背中に衝撃をあたえ、二発目は万力のように太腿をきつく締めつけた。やつもおれがベンヤミンにやったように、低めに狙いをつけていた。おれは前にぶっ倒れて、氷に顎をぶつけた。それから仰向けになり、やつの銃口を見あげた。

「悪いな、オーラヴ、おまえに恨みはないんだ」デンマーク人は言った。心からそう思っているのがわかった。頭を撃たなかったのは、それをおれに伝えるためだ。

「《漁師》にうまくやられたよ」とおれはかすれ声で言った。「おれがクラインから眼を離さないのがわかってたんで、あんたにこの役目を振ったんだろ」

「まあそんなところだ」

「だけど、なぜおれなんかを始末するんだ？」

デンマーク人は肩をすくめた。むせぶようなサイレンの音が近づいてきた。

「よくある話かな」とおれは言った。「ボスは自分の悪事を知ってるやつを生かしておきたくないんだろう。肝《きも》に銘《めい》じておくよ。退《ひ》きぎわを知らなくちゃな」

「それが理由じゃない」

「わかってる。《漁師》はボスだ。ボスというのは、自分のボスを始末する覚悟のあるやつを恐れるもんだ。次は自分だと思うんだ」

「それも理由じゃない」

「おい頼むよ、おれがここで血を流して死にかけてるのが見えないのか？　あてっこ遊びはいい加減にしてくれ」

デンマーク人は咳払いをした。「《漁師》が言うには、血も涙もない商売人じゃあるまいし、手下を三人も殺られて恨みを持たないわけにはいかないとさ」

やつはおれに狙いをつけ、引き金にかけた指に力をいれた。

「弾づまりを起こしたわけじゃなかったんだな？」おれは言った。

やつはうなずいた。

「最後にひとつ、クリスマスに免じて。顔はやめてくれ。頼む。それだけは聞きとどけてくれ」

デンマーク人は迷ったようだった。それからまたうなずいた。銃をこころもちさげた。

おれは眼を閉じた。銃声が聞こえた。銃弾が体に命中するのがわかった。二発の鉛《なまり》の弾が。普通の人間なら心臓のある位置に。

## 20

「女房が作ったんだ」と男は言った。「芝居のために」

つながりあった小さな鎖の輪。いったいいくつあるのか？　前にも言ったように、おれはその未亡人から、引き換えにちょっとしたものを手にいれたと思っていた。鎖帷子を。ピーネがおれを見て汗をかいていると思ったのも、驚くにはあたらない。スーツとシャツの下にそれを中世の王様みたいに着こんでいたのだから。

その鎖の上着が背中と胸を銃弾から守ってくれた。腿はそこまで運がよくなかった。

血がどくどくと流れ出るのを感じながらじっと横になって、黒いバンのテールライトが闇に消えていくのを見送った。それから立ちあがってみた。もう少しで気を失いそうになったが、どうにか両足で立ち、教会の扉の前に駐まっているボルボのほうへ脚を引きずっていった。一秒ごとにサイレンのコーラスが近づいてきた。救急車も少なくとも一台はそのコーラスに加わっている。何が起きているのか見当をつけた墓掘り男が通報したのだろう。もしかしたら女の子は助かるかもしれない。だめかもしれないが。もしかしたらおれも助かるかもしれない。そう思いながらボルボのドアを引きあけた。だめかもしれないが。

だが、ホフマンの義弟が妻に言ったことは本当だった。キーはイグニションに挿しっぱなしになっていた。

運転席に滑りこんでキーをまわした。セルモーターはきゅるきゅると不満を鳴らして止まった。くそ、くそ。キーをいったんもどしてから、もういちどやってみた。またしてもきゅるきゅる。かかれ、この野郎! こんな雪だらけのくそだめで車を造る意味が何かあるとしたら、それは少しばかり氷点下になってもエンジンがかかることだろう。片手でハンドルを殴りつけた。青い回転灯の光が冬の空をオーロラのように染めるのが見えた。

かかった! おれはアクセルを踏みこんだ。クラッチをつなぐと、スパイクタイヤはちょっと空回りしてから雪をとらえ、車は教会の門へ突進した。

二百メートルほど住宅街を走ってから方向転換して、教会のほうへのろのろともどりはじめた。ろくに走らないうちに青い光がバックミラーに映った。おれはおとなしく合図を出して、どこかの家の私道に乗りいれた。

パトロールカーが二台と救急車が一台、通りすぎていった。少なくとももう一台パトロールカーのサイレンが聞こえたので、そのまま待った。すると、前にもここへ来たことがあるのに気づいた。なんと。ちょうどこの家の前でベンヤミン・ホフマンを殺ったのだった。

リビングルームの窓にクリスマスの装飾と、蠟燭《ろうそく》のように見せかけたプラスチック・チューブが飾りつけてあった。温かな家族の暮らしの一片が、窓から庭の雪だるまを照らしていた。では、あの男の子はやりとげたのだ。父親に手伝ってもらったのかもしれない。水を少し使ったのかもしれない。雪だるまは本格的に作られていた。帽子をかぶり、石の口でうつろに笑い、小枝の腕でこの腐った世界とそこで起こるろくでもないできごとをことごとく抱きしめたがっているように見えた。

三台目のパトロールカーが通りすぎると、おれはバックで道にもどり、走り去った。

幸いにもパトロールカーにはそれ以上出くわさなかった。だからおれの運転するボルボに気づく人間はいなかった。必死で普通に走ろうとしていても、クリスマス・イヴの前日にオスロの街を走っているほかの車とはどこか、理由ははっきり指摘できないものの、ちがう走り方をしていたはずなのだが。

電話ボックスのすぐ横に車を駐めてエンジンを切った。ズボンの片脚と座席のカバーが血でぐしょ濡れになっていた。腿の内部に邪悪な心臓のようなものがあって、血をどくどくと垂れながしているような気がした。黒い獣の血、生贄の血、悪魔の血を。

おれがアパートのドアをあけてゆらりと立つと、コリナは大きな青い眼を恐怖でまるくした。

「オーラヴ！　ちょっと、どうしたの？」

「終わったよ」中にはいってドアを閉めた。

「あの人……死んだの？」

「ああ」

部屋がゆっくりと回転しはじめた。いったいどのくらい血を失ったのか？　二リットルか？　いや、ものの本によると、人間の体内には五リットルから六リットルの血液があって、その二割以上を失うと意識をなくすらしい。ということはおおよそ……くそ。とにかく二リットルよりは少ない。

リビングルームの床にコリナのスーツケースが置いてあるのが見えた。パリへ行くためのしたくをしてあるのだ。ぜんぶ夫のアパートから持ってきたものだった。いや、元夫のか。おれのほうはたぶん詰めこみすぎだっただろう。これまでに行ったいちばん遠いところはスウェーデンなのだ。あれは十四の夏だった。おふくろといっしょに近所の男の車でヨーテボリへ遊びにいった。リセベリ遊園地へはいろうとするとき、そいつはおれにこう訊いた。おまえの母さんに言い寄ってもいいかなと。おふくろとおれは翌日に列車で帰ってきた。おふくろはおれの頬をぽんぽんとたたいて、おまえはあたしの騎士だよと言った。この世に残るたったひとりの騎士だよと。その口調に嘘くささを聞きとったように思ったのは、たぶんおれがこの不健全なおとなの世界にすっかり当惑していたからだろう。だが、前にも言ったように、おれの耳はあてにならない。嘘くさい口調とそうでない口調のちがいなどわからない。

「ズボンに染みてるのはなに、オーラヴ、それって……血？　やだ、たいへん、怪我をしてる！　どうしたの？」すっかりうろたえて、おろおろしているように見えたので、おれは笑いそうになった。コリナはいぶかしげな、ほとんど腹を立てた顔でおれをにらんだ。「なによ？　自分がそこに突っ立って豚みたいに出血してるのが面白いと思ってるわけ？　どこを撃たれたの？」

「太腿だけだよ」

「だけ？　動脈が切れてたら、すぐに失血死しちゃうのよ！　ズボンを脱いでキッチンの椅子に座って」コリナは着ていたコートを脱いで、浴室へはいっていった。

そして包帯、絆創膏《ばんそうこう》、ヨードチンキなど、いっさいを持って出てきた。

「傷口を縫わなくちゃ」

「わかった」とおれは答え、頭を壁にもたせかけて眼を閉じた。

彼女は作業にかかり、傷口の消毒と止血をしようとした。手を動かしながら所見を述べ、とりあえずの手当しかできないと言った。弾はまだどこかに残っているが、それに関してはいまは何もできないと。

「どこでこんなことを憶えたんだ?」とおれは訊いた。

「しっ、じっとしてて。縫ったところが切れちゃうから」

「まるで本物の看護婦だな」

「弾を食らった男はあなたが初めてじゃないの」

「そうなんだ」とおとなしく言った。それ以上は訊かなかった。あわてることはない、そういう話をする時間はこれからたっぷりある。おれは眼をあけて、前にひざまずいている彼女の団子に結った髪を見おろした。彼女の香りを吸いこんだ。そこには何かちがうものが混じっていた。そばにいるコリナのかぐわしい香り、官能的な裸のコリナの体臭、腕に残るコリナの汗のにおいとはちがうものが。強烈にではなく、ほのかに。アンモニアかもしれない。ほとんどにおわないが、まちがいなくにおう。もちろん彼女のにおいではない。おれだ。おれの傷のにおいだ。早くも化膿《かのう》して、腐りはじめているのだ。

「よし」彼女は糸の端を歯で切った。

おれは彼女を見おろした。片方の肩からブラウスがずれて、首の横に痣があるのが見えた。いままで気づかなかったが、ベンヤミン・ホフマンに殴られた痕だろう。何か言ってやりたくなった。こんなことは二度とさせない。二度と誰かにきみを殴らせたりしないと。だが、いまはふさわしいときではなかった。女がひざまずいて手当をしてくれているときに、出血多量で死にそうな男が、おれといっしょにいればだいじょうぶだなどと、安心させたりはしないものだ。

コリナは濡れタオルで血を拭きとると、腿に包帯を巻いてくれた。

「熱が出てきたみたい。ベッドにはいって」

そう言っておれの上着とシャツを脱がせた。そして「なにこれ？」と鎖帷子を見つめた。

「鉄でできてるんだ」

彼女はおれがそれを脱ぐのを手伝ってくれ、デンマーク人の弾が残した痣に指を這わせた。やさしく。愛《いとお》しげに。それからそこに口づけをした。そしてベッドに横になって悪寒《おかん》に襲われはじめたおれを、羽根布団でくるんでくれた。おれは昔のようにおふくろのベッドに寝ている気分になった。傷はもうほとんど痛まなかった。痛みからすっかり逃れられたような気がしたが、それはおれの意思とは無関係だった。おれは川に浮かぶ舟であり、川がすべてを支配しているのだ。運命も行く先もすでに決まっている。旅にかかる時間も、道中で見たり体験したりすることも。ひどく具合が悪くなると、人生は単純に見えてくる。

おれは夢の世界へ滑りこんだ。

彼女はおれをおぶったまま、水を蹴ちらして走っていた。あたりは暗く、下水と、化膿した傷と、アンモニアと、香水のにおいがした。頭上の通りから銃声と叫び声が聞こえ、下水溝の蓋の穴から光の筋が射しこんでくる。だが、彼女は恐れを知らず、勇敢で、たくましかった。おれの分までたくましかった。ここから脱出する道も知っていた。前にも来たことがあるのだ。そういう物語だった。彼女は地下水道の交差点で足を止めると、おれをおろしてこう言った。ようすを見てくるけれど、すぐにもどってくる。おれは仰向けに横たわったまま、鼠《ねずみ》たちがまわりをちょろちょろする音を聞きながら、下水溝の隙間から月を見あげていた。上の格子に雫がいくつもぶらさがり、くるくるまわりながら月光にきらめいていた。赤く、大きく、つやつやと。雫がしたたり、おれめがけて落下してきて、胸に命中した。鎖帷子を貫通して心臓に。暖かい、寒い。暖かい、寒い。におい……

おれは眼をあけた。

彼女の名を呼んだ。返事はない。

「コリナ？」

ベッドに起きあがった。腿がずきずきと疼《うず》いていた。苦労して両足を床におろし、明かりをつけてみて、はっとした。腿が不気味なほどに腫れあがっていた。出血はつづいていたのに、その血はすべて皮膚と包帯の内側にたまっていたらしい。

月明かりで、リビングルームの中央に彼女のスーツケースが置いてあるのが見えた。

だが、椅子にあったコートはなくなっていた。立ちあがって、よたよたとキッチンへ行った。抽斗をあけて、フォークやスプーンを入れてあるトレイを持ちあげた。

手紙は封筒にはいったまま、まだそこにあった。

封筒を持って窓辺へ行った。ガラスの外側につけた温度計を見ると、気温はまださがりつづけていた。

おれは下を見た。

コリナはそこにいた。ちょっと出ていっただけなのだ。

通りに背を向けて電話ボックスの中に立ち、うつむいて受話器を耳にあてていた。見えないのはわかっていたが、おれは手を振った。

くそ、腿が痛む！

そこで彼女は電話を切った。おれは窓辺から離れて光の外に出た。彼女は電話ボックスから出てくると、こちらを見あげた。おれはそこに立ったままじっと動かず、彼女も動かなかった。雪がちらちらと舞った。やがて彼女は歩きだした。綱渡り師のように、反対の足のすぐ前に爪先から足をおろして。通りを渡ってこちらへもどってきた。雪の上に足跡が見えた。猫の足跡が。後ろの足が前の足と同じところを踏んでいる。街灯のわずかな光で、それぞれの足跡の縁に小さな影ができている。それだけだった。それだけ……

コリナがそっと部屋へはいってきたときには、おれはもうベッドにもどって眼を閉じていた。

彼女はコートを脱いだ。残りの服も脱いで、いっしょにベッドにはいってくれないだろうか。しばらくおれを抱きしめてくれないだろうか。それだけでいい。おれはそう願っていた。大金でなくても、小銭でいいと。なぜならおれにはもうわかっていたからだ。彼女は地下水道へやってきておれをおぶってはくれない。救い出してはくれない。おれたちはパリへは行かないのだ。

彼女はベッドへは来ないで、暗がりの椅子に腰かけた。

おれを監視して待っていた。

「あいつがここへ来るまでに、あとどのくらいあるんだ?」おれは訊いた。

彼女が椅子の上でびくりとしたのがわかった。「起きてたの」

おれは質問を繰りかえした。

「誰のこと?」

「《漁師》だ」

「あなた、熱があるのよ。少し眠ったら」

「いまきみが電話ボックスから電話した男だ」

「オーラヴ……」

「おれはあとどのくらい時間があるか知りたいだけだ」

彼女はうつむいていたので、顔が影になっていた。ふたたび口をひらいたときには、これまでとはちがう声になっていた。もっときつい声に。だが、おれの耳にさえ、真実を語っているのがわかった。「二十分ぐらいかしら」

「わかった」

「どうして気づいたの……」

「アンモニアだ。ガンギエイ」

「え？」

「アンモニアのにおい。ガンギエイに触れたあとはそれが皮膚に染みつくんだ。とくにそいつを調理する前は。この魚は鮫《さめ》と同じように、自分の肉に尿酸をためこむんだと、何かで読んだことがある。まあ、おれにはわからないが」

コリナはよそよそしい笑顔でおれを見た。「なるほどね」

ふたたび間。

「オーラヴ」

「うん？」

「別に恨みは……」

「ないのよ、か？」

「そう」

縫い目が裂けたのがわかった。化膿した傷のにおいが漏れてきた。腿に手をあててみると、ガーゼの包帯がぐっしょり濡れていた。だが、依然、ぱんぱんにふくらんでいる——まだまだ出てきそうだ。

「じゃ、いったいなんなんだ？」おれは訊いた。

彼女は溜息をついた。「どうでもいいじゃない」

「おれはお話が好きなんだ。まだ二十分ある」

「あなたのことじゃないの。あたしのこと」

「で、そのきみは何をたくらんでるんだ？」

「そう。あたしは何をたくらんでるのかしら？」

「ダニエル・ホフマンは死にかけていた。きみはそれを知ってたんだよな？　それにベンヤミン・ホフマンが跡を継ぐ予定になってたことも」

彼女は肩をすくめた。「ずいぶんよく知ってるのね」

「金と力を手に入れるためなら、裏切る必要のある相手は平気で裏切る女ってわけか？」

コリナはぷいと立ちあがって窓辺へ行った。通りを見おろし、煙草に火をつけた。

「平気というところをのぞけば、だいたい合ってるかな」

おれは耳を澄ました。静かだった。零時を過ぎていることに気づいた。もうクリスマス・イヴだ。

「あいつには電話しただけか？」おれは訊いた。

「店に行った」

「で、むこうはきみに会うことを承知したのか？」

煙を吸いこむ顔のシルエットが窓の手前に見えた。「しょせん男だもの。みんなおんなじよ」

曇ったガラスのむこうの闇を見ながら、おれは考えた。彼女の首の痣。あれは新しかった。どこまでばかだったんだ、おれは。あの暴力。服従。辱《はずかし》め。あれは彼女の好みのやり方だったのだ。

「《漁師》には女房がいる。となると、あいつは何をきみに約束したんだ？」

彼女は肩をすくめた。「何も。さしあたっては。でも、いずれは……」

そのとおり。美人は何より強い。

「おれが帰ってきたとき、きみがひどくぎょっとしたように見えたのは、おれが怪我をしてたからじゃなくて、生きてたからなのか」

「両方よ。あなたになんの感情も抱いていないなんて思わないで。あなたはいい愛人だった」そこでふっと笑った。「あなたもそういう人だなんて、最初は思わなかった」

「そういう人って？」

彼女はにやりとしただけだった。煙草をぐっと吸った。窓辺の暗がりで先が赤く光った。その瞬間を下の通りにいる人間が見たら、それは温かな家庭生活や、幸せな家族、クリスマス気分、そういうものを彩るプラスチック・チューブだと思ったかもしれない。そしてあそこに住んでいるのは、おれの望むようなものをすべて持っている人々だと思うのではないか。ああいう暮らしこそ人間の本来の暮らしだと。よくわからないが。おれだったらそう思うだろう。

「そういう人ってなんだ？」おれはまた言った。

「支配者タイプ。あたしの王様」

「そう」彼女は笑った。「あそこであなたを止めなくちゃならないかと思った」

「なんの話だ？」

「これよ」と、彼女はブラウスを肩から押しさげて痣を見せた。

「そんなこと、おれはしてないぞ」

彼女は煙草をはさんだ指を口元で止めて、怪訝《けげん》そうにおれを見た。

「してない？　あたしが自分でやったと思うの？」

「おれじゃない、本当だ」

彼女はやさしく笑った。「だいじょうぶよ、オーラヴ、恥ずかしがることじゃないんだから」

「おれは女を殴ったりはしない」

「たしかにね、そこまでさせるのは難しかった、それは認める。でも、首を絞めるのは好きだったみたいよ。あたしが興奮させたあとはもう、大好きになってた」

「嘘だ！」おれは耳を押さえた。彼女の口が動くのは見えたが、何も聞こえなかった。聞くに値《あたい》しなかった。そんな物語ではないのだ。絶対にちがう。

だが、彼女の口は動きつづけた。イソギンチャクのように。イソギンチャクは口が肛門にもなるのだと、むかし読んだことがあるが。彼女はなぜしゃべっているのか、何を望んでいるのか？　みんなは何を望んでいるのか？　いまのおれは耳も聞こえず、口もきけなかった。もはや普通の人々が絶え間なく生み出す音波を解釈する器官を失っていた。波は珊瑚礁《さんごしょう》にうち寄せては消えていった。おれの見つめている世界は意味をなさず、まとまりもなく、人々はあたえられた人生をやけくそで生きているだけだった。病的な欲望の数々を本能的に満たし、孤独への不安から眼をそらし、命には限りがあることを知るやいなや始まる死への恐怖を押し殺しながら。彼女の言いたいことはわかった。それ。で。ぜんぶ？

おれは椅子にのっていたズボンをつかみ、はいた。片脚の生地が血と膿でごわごわになっていた。ベッドから出ると、脚を後ろに引きずりながら部屋の反対側へ行った。

コリナは動かなかった。

かがみこむと吐き気が襲ってきたが、どうにか靴をはき、コートを着た。パスポートとパリ行きの切符は内ポケットにはいっていた。

「遠くまでは行けないわよ」彼女は言った。

ボルボのキーはズボンのポケットにはいっていた。

「傷口がひらいてる。自分のありさまを見なさいよ」

ドアをあけて階段室に出た。手すりにつかまり、肘で体を支えて階段をおりながら、さかりのついた雄蜘蛛のことを思い出した。訪問を切りあげるのがちょっと遅すぎたようだ。

下までおりたときにはもう、靴の中が血でぐしょぐしょになっていた。

車のほうへ歩きだした。パトロールカーのサイレン。まだいたのだ。オスロをかこむ遠くの雪山で狼たちが遠吠えをするように。高くなったり低くなったりしながら、血のにおいを追っている。

こんどは一発でエンジンがかかった。

自分がどこへ向かっているのかはわかったが、通りが形も方向も失って、まるでゆらゆら揺れるクラゲの触手のようになり、おれはそれをたどっていかなければならなかった。このゴムのような街で自分がどこにいるのか、見きわめるのは困難だった。何ひとつそのままではいてくれないのだ。赤信号で停まり、自分の位置を確かめようとした。うとうとしてしまったのだろう、後ろの車にクラクションを鳴らされてはっとした。信号が変わったのだ。アクセルを踏んだ。ここはどこだ、まだオスロなのか？

おふくろはおれが親父を殺したことについては何も言わなかった。まるでそんなことは起きなかったかのようだった。おれはそれでもかまわなかった。四、五年たったある日、ふたりで食卓についていると、おふくろがいきなりこう言った。「いつ帰ってくると思う？」

「誰が？」

「お父さん」ぼんやりした眼でおれを見ながらも、おれのはるか後ろを見ていた。「ずいぶん長いこと出かけたきりだけど。こんどはどこへ行ったのかねえ」

「もう帰ってこないよ」

「帰ってくるに決まってるでしょ。いつだって帰ってきたんだもの」おふくろはまたグラスを持ちあげた。「あたしのことが大好きなんだから。あんたのことも」

「母さん、おれがあいつを運ぶのを手伝ってくれたじゃないか……」

おふくろはグラスをドンと置いた。ジンがこぼれた。

「あら」と感情のかけらもない口調で言い、おれを見すえた。「あたしからあの人を取りあげるような人間は、とんでもない人間だよ。そう思わない？」

片手でテーブルクロスの酒をぬぐい、そのまま何かを消し去ろうとするようにそこをこすりつづけた。おれはなんと言っていいかわからなかった。おふくろは自分の物語を作りあげていた。おれはおれの物語を。どちらの物語が正しいのか確かめるために、ニッテダールのあの湖にもぐることなどできるわけがない。だから何も言わなかった。

だが、おふくろが自分をあんなふうにあつかった男を愛せるのだと知って、おれは愛についてひとつだけ学んだ。

いや。

そうでもない。

何ひとつ学びはしなかった。

その後、おれたちは二度と親父の話はしなかった。

おれは道をはずれまいとして精いっぱいハンドルを操っていたが、道はおれを払いのけようとするように絶え間なく左右にうねり、ボルボを壁や対向車にぶつけようとした。

対向車は、くたびれた手まわしオルガンのようにクラクションの音を弱めながら、背後へ消えていった。

右へ曲がると、これまでより静かな通りにはいった。明かりも少なく、車も少なかった。闇が濃くなってきた。そしていきなり、まっ暗になった。

気を失って道からそれたにちがいなかった。スピードは出ていなかった。フロントガラスに頭をぶつけていたが、ガラスにも頭にも被害はなかった。ラジエーターにめりこんでいる街灯の柱も、曲がっていなかった。だが、エンジンは止まっていた。何度かキーをまわしてみたが、かからなかった。そのたびに音が弱々しくなった。おれはドアをあけて車から這い出し、祈りを捧げるイスラム教徒のように膝と肘をついた。積もったばかりの雪が手のひらに冷たかった。手を合わせてその粉雪を丸めてみた。だが、粉雪はしょせん粉雪だ。白くて美しいが、何か形のあるものを作るのは難しい。何にでもなりそうだが、何を作ろうとしても結局くずれて指のあいだからこぼれてしまう。おれは顔をあげてあたりを見まわし、自分がやってきた場所を確かめた。

車にもたれながら立ちあがり、よたよたと窓のほうへ歩いていった。ガラスに顔を押しつけると、燃えるような額には冷たくて心地よかった。薄暗い照明が店内の棚とカウンターを照らしていた。遅すぎたのだ。店はもう閉まっていた。当然だ。もう深夜なのだから。ドアには、いつもより早く閉店するという貼り紙までしてあった。〝十二月二十三日は棚卸《たなおろ》しのため十七時閉店〟

棚卸し。なるほど。クリスマス・イヴの前日だからな。一年の終わりだ。そういうことをする時期なのだろう。

カートの短い列のむこうの隅に、クリスマス・ツリーがあった。貧弱なものだが、それでもやはりクリスマス・ツリーだった。

なぜこんなところへ来たのか自分でもわからなかった。ホテルへ行って部屋を取ることもできたのだ。おれが始末した男のアパートのまむかいに。おれを始末した女のアパートが見えるところに。まさかおれがそんなところにいるとは誰も思わないだろう。ふた晩は泊まれるだけの金もある。朝になったら《漁師》に電話して、残りの金をおれの口座に振りこませればいい。

自分が笑っているのが聞こえた。

温かい涙が頬を伝ってぽたりと落ち、積もったばかりの雪に沈んだ。

またひとつぽたり。それもすぐに消えた。

自分の膝が見えた。ズボンの生地から染み出してきた血がたらりと、卵の白身のようなどろどろした膜に包まれて雪の上にしたたり落ちた。消えてしまうのはわかっていた。涙と同じように雪に沈んでいって、見えなくなってしまうのは。だが、意外にも、血の雫はそこで赤く震えているだけだった。汗ばんだ自分の髪の毛が窓に貼りついているのがわかった。いまさら言うのもなんだが、念のために言っておくと、おれは中背で、いくぶん細めのブロンドの髪を長く伸ばし、あご髭をたくわえ、青い眼をしている。それがほぼおれだ。髪と髭を伸ばしていると、いいこともある。仕事に目撃者が大勢いたら、すばやく外見を変えられる。

そのすばやく外見を変える能力を、おれはいま実感していた。髪と髭が窓に凍りついて、さっきも話題にした珊瑚礁の一部のように根を張りつつあったのだ。何はともあれ、おれはこの窓と一体になりたかった。ガラスになりたかった。『生き物の王国5 海』にのっている無脊椎《むせきつい》動物のイソギンチャクが、実際には自分のしがみついている珊瑚礁の一部になっているように。そうすれば明日の朝おれはマリアをながめられる。気づかれずに一日じゅう彼女を見ていられる。なんでも好きなことをささやきかけられる。呼びかけることも、歌うこともできる。いまのおれの望みは消えることだけだ——これまで望んだことがあるのは、それだけだったかもしれない。消えることだけ。

おふくろもそうだった。ストレートのジンで自分の姿を消そうとしていた。それを体にすりこんで、ついに自分を消し去った。おふくろはいまどこにいる？　もう思い出せない。思い出せなくなってずいぶんたつ。おかしな話だ。父親がどこにいるかは知っているのに、母親が——自分を生み育ててくれた女がどこにいるか知らないとは。本当に死んでリス教会に埋葬されたのか？　それともまだどこかで生きているのか？　もちろんおれは知っている。思い出せないだけの話だ。

眼を閉じて頭を窓に預けた。すっかり力を抜いて。くたびれきって。じきに思い出す。じきに……

闇が迫ってきた。大いなる闇が。巨大な黒マントのように広がりながら迫ってきて、おれを包みこんだ。

あまりに静かなので、かちりという小さな音が聞こえた。おれの横にあるドアの音だろう。それから足音が聞こえた。聞きおぼえのある、左右ふぞろいな足音が。近づいてきたが、おれは眼をあけなかった。足音が止まった。

「オーラヴ」

おれは答えなかった。

彼女はさらに近づいてきた。腕に手をかけられたのがわかった。「ここで……なに……してるの」

おれは眼をあけた。ガラスに映った姿を見つめた。おれの後ろに立っている彼女を。口をあけたが、しゃべれなかった。

「血が……出てる」

おれはうなずいた。こんな夜更けになんで彼女がここにいるんだ？ 決まっている。棚卸しだ。

「あなたの……車」

おれは〝ああ〟と言うために口をあけたが、声は出てこなかった。彼女はわかったというようにうなずいてみせると、おれの腕を持ちあげて自分の肩にまわした。

「さあ」

おれは彼女によりかかって車のほうへ歩きだした。不思議なのは彼女が、マリアが足を引いていないことだった。すっかり治ったみたいだった。彼女はおれを助手席に乗せると、ドアがあいたままの運転席へまわった。身を乗り出してきて、おれのズボンの片脚をぐっとひらいた。それは音もなく裂けた。バッグからミネラルウォーターの瓶を出し、蓋をあけておれの腿に水をかけた。

「弾？」

おれはうなずいて脚を見た。痛みはもうなかったが、弾の穴が魚の口のようにぽっかりあいていた。マリアは自分のスカーフをはずすと、脚をあげて、とおれに言った。それから脚にスカーフをきつく巻いてくれた。

「ここに……手を……あてて……傷口を……強く……押さえて」

彼女はイグニションに挿さっていたキーをまわした。エンジンがかかり、静かにアイドリングを始めた。ギアをバックにいれて、車を街灯の柱から離した。道路に出ると、走りだした。

「伯父……が……外科医……なの……マルセル……ミリエル」

ミリエル。あのジャンキーと同じ名字だ。どうしてマリアにあいつと同じ名字を持つ伯父が……？

「病院……じゃなくて」と彼女はおれのほうを見た。「わたしの……うちで」

おれはヘッドレストに頭をもたせかけた。彼女のしゃべり方は聾唖者のようではなかった。奇妙でぎくしゃくしてはいたが、口のきけない人間のようではなく、むしろ……

「フランス人……なの。ごめんなさい……でも……ノルウェー語で……話すのは……好きじゃ……なくて」彼女は笑った。「書く……ほうが……好き……いつも……そうしてきた……子供の……ころは……読む……だけ……あなた……読むの……好き？」

パトロールカーが一台、青いライトを屋根の上でゆっくりと回転させながら通りすぎていった。遠ざかっていくのがミラーで見えた。ボルボを捜しているのだとしたら、あまりに不注意だ。ほかのものを追っているのかもしれない。

彼女の兄弟。あのジャンキーは彼女の兄弟なのだ。ボーイフレンドではなく。たぶん弟だろう。だから彼女はすべてをあいつのために犠牲にしようとしたのだ。でも、なぜその外科医の伯父はふたりを助けられなかったのか？　なぜ彼女があんな……まあ、そんなことはもういい。残りのことは、あとで訊けばわかるだろう。いまはさしあたり、彼女のつけたヒーターの温風のせいで眠くなってきたから、居眠りをしないように精いっぱい集中していなくてはならない。

「あなた……本を……読む……でしょう……オーラヴ……だって……詩人……みたい……だもの……すごく……すてきよ……あなたが……地下鉄で……言うこと」

地下鉄？

まぶたが閉じたときに、ゆっくりとわかってきた。彼女にはおれの言ったことが何もかも聞こえていたのだ。

午後の列車内で、おれが彼女を聾者だと思いこんでいたとき、彼女はいつも黙ってそこに立って、おれにしゃべらせていたのだ。来る日も来る日も、おれのことなど聞こえもしなければ見えもしないふりをして。まるでゲームみたいに。だからあのとき店で、おれの手を取ろうとしたのだろう。おれが彼女を愛していると思ったのだ——あのチョコレートは、おれがついに空想から現実へ踏み出す心がまえができた印だと。すべてはそういうことだったのだろうか？ おれは彼女を聾唖者だと思うほどまぬけだったのだろうか？ それともずっと気づいていたのに、気づいていることを否定していただけなのだろうか？

ひょっとするとおれはずっとここに——マリア・ミリエルにいたる道を歩いていたのだろうか？

「伯父は……今夜……きっと……来られる……はず……あなた……さえ……よければ……あした……フランスの……クリスマス料理……あるの……鵞鳥《がちょう》が……ちょっと……遅くなるけど……イヴの……礼拝の……あと」

おれは内ポケットに手をいれてあの封筒を見つけると、眼をつむったままそれを差し出した。彼女が封筒を受け取り、車を道路脇に寄せて停めたのがわかった。おれはものすごく疲れていた、ものすごく。

彼女は読みはじめた。

おれが血で書きつけた言葉、たたき壊しては正しい位置に正しい文字を入れて書きなおした言葉を、声に出して。

それらはまったく死んでいなかった。それどころか生き生きとしていた。そして誠実だった。〝愛している〟というのが人の口にしうる唯一の言葉に思えるほど、誠実だった。その朗読を聞いた人間がみなその男を眼前に思い浮かべることができるほど、生き生きしていた。男は自分が毎日訪ねている娘のことを書いていた。スーパーマーケットの店内に座っている娘、自分が愛しているのに愛したくないと思っている娘のことを。愛したくないのは、自分によく似た人間だからだ。障害を持ち、欠点や短所があり、自己を犠牲にする哀れな愛の奴隷だからだ。従順に人々の唇を読みはしても、自分はいっさい口をきかない人間、自分を低く見て、それを自分の報いだと考える人間だからだ。それでもやはり、男は彼女を愛さずにはいられない。男にとって彼女は、自分になければよかったと思うものすべてなのだ。自分自身の屈辱なのだ。そして最高の人間、誰よりも人間らしい人間、彼の知るいちばん美しい人間なのだ。

マリア、おれはあまりものを知らない。実際には、ふたつしか。ひとつは、きみみたいな人を幸せにできる方法が自分にはわからないということだ。なにしろおれは生命や意味を創造する人間ではなく、ものごとをぶち壊しにするタイプの人間なのだから。もうひとつは、マリア、きみを愛しているということだ。だからおれは

あのとき夕食に行かなかったんだ。オーラヴ

最後のふたつの文を読む彼女の声には嗚咽《おえつ》が混じっていた。

おれたちは無言のままそこに座っていた。パトロールカーのサイレンさえ静かになっていた。彼女は鼻をすすり、それから言った。

「あなた……いま……わたしを……幸せに……してくれた……オーラヴ……これで充分……わかる……でしょう？」

おれはうなずいて、大きく息をついた。おれはもう死んでもいいよ、母さん。そう思った。もう物語をこしらえる必要はないんだ。この物語はもうこれ以上すばらしくできない。

# 21

非常な寒さにもかかわらず雪は一晩じゅう降りつづけ、早起きの人々が暗い朝のオスロの街を見わたしたときには、街はふんわりした白い毛布をまとっていた。車は雪の上をのろのろと走り、歩道の人々は氷の塊《かたまり》をそろそろとよけながら笑顔を交わした。誰も急いではいなかった。今日はクリスマス・イヴ、平和と内省の時なのだ。

ラジオはこの記録破りの寒さと、それがさらに厳しさを増してつづくことをさかんに伝え、ユングス広場の魚屋では店員が最後の鱈《たら》を包んでは、どんなメッセージでもやさしく楽しげに聞こえるあのノルウェー語の奇妙な抑揚《よくよう》で、「メリー・クリスマス」と歌うように挨拶していた。

ヴィンネレンの教会の外では警察の立入禁止テープがまだはためいており、牧師が警官と、クリスマスの礼拝をどうやって執《と》り行なうかを話し合っていた。午後になればみんなが集まってくる。

オスロの中心部にあるリクス病院では、女の子の手術を終えた外科医が廊下に出て、そこに座っているふたりの女のほうへ手袋を脱ぎながら歩いていった。ふたりのこわばった顔から不安と絶望が去らないのを見て、医師は自分がマスクをはずし忘れていたのに気づいた。そうすればふたりにも彼の笑顔が見えたはずなのだ。

マリア・ミリエルは地下鉄の駅からスーパーマーケットのほうへ坂をのぼっていった。今日は仕事が早く終わる。二時には閉店する。そうしたらクリスマス・イヴだ。クリスマス・イヴ！

彼女は頭の中で歌をうたっていた。あの人にまた会えるという歌を。また会うことはわかっていた。それは彼が助けにきてくれた日からわかっていた。もはや思い出したくもないあらゆることから解放してくれた日から。彼の長いブロンドの髪と青い眼。まっすぐな薄い唇と、もじゃもじゃのあご髭。そしてあの手。あの手のことばかり思い出していた。どうかしているほどだったが、それも当然だった。いかにも男の手ではあったが、すてきだった。大きくて、ほんの少しごつごつしていて、彫刻家が思い描く英雄的労働者の手のようだった。それなのに自分がその手でさすられ、抱かれ、やさしくたたかれ、慰められるさまを想像できた。自分の手が彼を慰めるように。ときどき自分の愛の強さに恐ろしくなることがあった。それは堰《せ》き止められた流れのようなものであり、人を愛で満たすことと溺れさせることのあいだにはわずかなちがいしかないのを彼女は知っていた。だがもう、そんなことは心配しなくてよかった。彼はあたえるだけでなく、受けとめる力もありそうだったからだ。

店の前に人だかりがしているのが見えた。パトロールカーまで停まっていた。強盗でもはいったのだろうか？

いや、ただの事故のようだ。車が一台、街灯の柱にぶつかって前をへこませている。だが、近づいていくと、群衆は車より窓のほうに関心を示しているのがわかった。やはり強盗がはいったのかもしれない。人垣から警官が出てきてパトロールカーのところへ行き、無線のマイクを引っぱり出してしゃべりはじめた。彼女は唇を読んだ。〝死亡〟、〝撃たれたような傷〟、〝手配中のボルボ〟。

そこでもうひとりの警官が手を振ってさがるよう指示したので、人垣がくずれ、何かが見えた。最初は雪だるまかと思った。けれどもすぐに、そう思ったのはそれが雪におおわれているからであって、実は人が立っているのだと気づいた。窓にもたれて立っている。長いブロンドの髪とあご髭がガラスに凍りついていて、それに支えられているのだ。彼女は自分の意に逆らって近づいた。警官が何か言ったが、自分の両耳と口を指さしてみせた。それから店を指さし、身分証の名前を見せた。名前をマリア・オルセンにもどそうかと考えたこともあったが、あいつが残したものは、ドラッグの借金をのぞけば、オルセンよりちょっぴり刺激的に聞こえるそのフランスの名前だけだった。

警官はうなずいて、彼女に店の鍵をあけてもいいと身ぶりで伝えたが、彼女は動かなかった。

頭の中のクリスマス・キャロルはもう聞こえなくなっていた。

彼女はその男を見つめた。まるで薄い氷の皮膚をまとったようで、その下には細く青い血管も見えた。血を吸いこんだ雪だるまみたいに。凍りついた睫毛の下からうつろな眼で店内を見つめていた。彼女が座る場所を。彼女はまもなくそこに座ってレジに食料品の値段を打ちこむ。客に微笑みかけ、何をしている人だろう、どんな人生を送っているのだろうと想像する。そして夜になったら、彼にもらったチョコレートを食べるつもりだった。

警官は男の上着の内ポケットに手をいれて財布を引っぱり出し、緑色の運転免許証を取り出した。だが、マリアが見ていたのは免許証ではなかった。彼女が見ていたのは、警官が財布を引っぱり出したときに雪の上に落ちた黄色い封筒だった。表には、女性的とも言える装飾的な美しい筆跡でこう書かれていた。

マリアへ。

警官は免許証を持ってパトロールカーのほうへ歩いていった。マリアは身をかがめて封筒を拾い、ポケットに入れた。誰にも気づかれなかったようだ。彼女はそれが落ちていた場所を見つめた。その雪と血を。あまりに白く、あまりに赤く、不思議なほどに美しかった。まるで王のローブのように。

# パルプ・ノワールの新たな里程標であると同時に心打つクリスマス・ストーリーでもある奇蹟の書

ミステリ書評家
川出正樹

「夢の女だ――そして夢のままにしておくべき女だ」
ジム・トンプスン『深夜のベルボーイ』

「愛とはなになのか、彼にはわからなかった」
ジェローム・チャーリン『パラダイス・マンと女たち』

パルプ・ノワールとクリスマス・ストーリーを掛け合わせたら、いったい何が生まれるだろう？　そんなちょっと突飛で刺激的な興味から、本書『その雪と血を』は書かれたんじゃないだろうか。結果、誕生したのが、暴力と隣り合わせの人生を歩まざるを得なかった男女が織り成す、愛と憎しみ、信頼と裏切り、献身と我欲が絡み合う凄惨なれど哀感漂う贖罪と救済の物語だ。

主役は三人。語り手で殺し屋のオーラヴ、そして彼の〝運命の女《ファム・ファタル》〟となる二人の女性――ボスの若く美しき後妻コリナと聾唖で片足の悪い元売春婦マリア。これは、《刑事ハリー・ホーレ》シリーズの全世界的なヒットにより北欧暗黒小説《ノルディック・ノワール》の第一人者となったジョー・ネスボが綴った、純白の雪と深紅の血に象徴される、不自然なまでに美しい暗黒の叙事詩である。

舞台は一九七七年十二月のオスロ。クリスマスが間近に迫る中、記録的な寒さに襲われる極寒の王都で、殺し屋オーラヴが対立組織の手下を始末し終えたシーンで物語は幕を開ける。

死体からしたたり落ちる血を雪の結晶が吸い上げて深紅のまま保つ様を見たオーラヴが、紫の地に白貂の毛皮の縁取りをした王のローブを連想し、次いで自分の名前がお伽噺や王さま好きだった母親によって国王に因んでつけられたことを淡々と語る出だしは、その鮮やかなイメージにより、一読忘れがたいインパクトを残す。と同時に、今から語られる物語が、凄惨ではあるがどこか哀感と温もりすら漂う童話的な色彩を帯びていることを予感させる。巧いなあ。こういう叙情豊かな書き方ができるところがジョー・ネスボの強みだ。

この印象的な幕開けに次いでオーラヴが四年前に麻薬業者ホフマンの始末屋になり、信頼を得るに至った経緯が語られるのだが、ここでの筆の運び方がまた巧い。「おれにはできないことが四つある」という、おっと思わせる一文に始まる失敗続きの犯罪者回顧譚の中で、逃走車の運転、強盗、ドラッグ絡みの仕事、売春のポン引きに不適格な理由を明かし、彼の人生観と世界観、人となりを手際よく伝える。とりわけ、マリアを巡るエピソードに絡めて両親に対する複雑な感情を垣間見せる手並みが見事だ。そうして、「車をゆっくり運転するのがへたで、あまりに意志が弱く、あまりに惚れっぽく、かっとすると我を忘れ、計算が苦手」故、始末屋ぐらいしか使い途がなかったオーラヴという一風変わった小悪党に対して、親しみを憶《おぼ》えさせてしまうのだ。

そんなオーラヴにホフマンが告げた新たなターゲット。それは、ホフマン自身の妻コリナだった。これまで同様仕事に取りかかるオーラヴだが、想定外の事態に襲われる。なんと、コリナに一目惚れしてしまうのだ。

ここまでで、わずか二十一ページ。以後、オスロのヘロイン市場を巡ってホフマンと対立する《漁師》を巻き込んだ血に彩られた愛と贖罪の物語は、着々と避け得ぬ終局へと進んでいく。コリナとの出逢いにより呼び起こされてしまった何かに突き動かされる殺し屋オーラヴは、日射しを浴びてきらめく雪のような真っ白な肌を持つ絶世の美女コリナと、かつてジャンキーのボーイフレンドが焦げ付かせた借金を体で返そうとしたところを救った元売春婦マリアという二人の〝運命の女《ファム・ファタル》〟の間で孤独な魂を揺らつかせつつ、乾坤一擲の賭に出る。その果てに訪れる純白の雪と深紅の血に収斂するラスト・シーンの不自然なまでの美しさが胸を打つ。断言しよう。これは、暗黒小説史上の新たな里程標となる逸品だ。小さくも皓皓《こうこう》と輝く様は、長く心に残ることだろう。

さて、それにしてもだ。一体なんだってジョー・ネスボは、四十年近く前のオスロを舞台にしたパルプ・ノワールなどという、これまで手掛けてきた作品とはまるでちがう分野の犯罪小説を、今の時代に書いてみようと思ったのだろうか。

ここで言うパルプ・ノワールとは、「ザラ紙に書きなぐられた暴力と犯罪をイメージさせる〝パルプ〟という言葉の持つイメージを、孤独と愛憎とトラウマから屈折し崩壊していく精神を描いた暗黒《ノワール》の文学に重ね合わせたもの」（佐竹裕「ジム・トンプスン『アフター・ダーク』解説」より）を総称する用語であり、今から二十年以上前に「ミステリマガジン」（一九九六年十月号）が、ジム・トンプスンやチャールズ・ウィルフォード、デイヴィッド・グーディスといった一九五〇から六〇年代にかけてペイパーバック・オリジナルで活躍していた犯罪小説作家を特集した際に、彼らの作品を括るために生み出された。

閑話休題。実は、本書『その雪と血を』とのちに刊行された姉妹篇の『真夜中の太陽』（二〇一五年）は、もともとはジョー・ネスボ名義ではなく、アメリカ在住の売れないノルウェー人作家トム・ヨハンセンが七〇年代に書いたカルト作品を発掘したものとして発表される予定だったのだ。結局、架空の人物を実在した作家として売るのは問題があるという弁護士の助言に従い、ジョー・ネスボ名義で発表することになるのだが、そんな突飛な企画が生まれた裏には、ネスボ自身のトロント空港での奇妙な体験があった。

そのときの顚末を、二〇一五年にイギリスのハロゲイトで開催されたミステリ・イベントにゲストとして招かれた際にネスボは、次のように語っている［出典：ヨーク・プレス誌］。

あるとき空港でネスボが乗ったリムジンの発車間際に一人の男が飛び込んできて、いきなり運転手とロシア語で荒々しく会話を開始。車はそのまま走り出す。これは何かが間違っていると感じる一方で、実は誘拐手段として完璧じゃないか、と思ったネスボの頭に、作品の構想がひらめいた。それは、とことんついていない貧乏セールスマンが窮余の策として、空港で金持ちの旅行客を誘拐して預金を引き出させようとするものの、運悪くトム・ヨハンセンという七〇年代に二作のマイナー・ヒットを飛ばしただけの売れないノルウェー人作家を掠《さら》ってしまうというものだ。

この思いつきに夢中になったネスボは、*The Kidnapping* と名付けた作品の執筆を進めるうちに、*Blood on Snow* とその続篇 *Midnight Sun* を実際に書いてみようと思い立つ。かくて生まれたのが、『その雪と血を』と『真夜中の太陽』という世界観を同じくする連作だ。

その際、良く出来たレプリカでよしとしないところにジョー・ネスボの凄さがある。一読すれば解る通り、『その雪と血を』は、好きな作家の筆頭に〈安物雑貨店《ダイムストア》のドストエフスキー〉と讃えられた鬼才ジム・トンプスンを挙げるネスボが、偉大なる先達の諸作を十二分に研究した上で工夫を凝らし、自身がこだわり続ける三つの問題、即ち、〈赦し〉と〈贖い〉、〈家族間の愛憎〉、そして〈オスロに蔓延する麻薬禍〉を巧みに織り込み、凄惨にされどリリカルに仕上げた逸品だ。

具体的にどんな工夫をしているのかについては、未読の方の興を削ぐといけないので、ここではオーラヴにあるハンディキャップを付与したというにとどめよう。それによってネスボは、ジム・トンプスンとは異なる手法で『死ぬほどいい女』や『アフター・ダーク』に比肩する、やるせなくも美しい物語を生み出した。そう、『その雪と血を』は、パルプ・ノワールの新たな里程標であると同時に心打つクリスマス・ストーリーでもある奇蹟の書なのだ。

二〇一六年に元版がハヤカワ・ミステリで訳出された際に、多くの翻訳者と翻訳ミステリ・ファンの心を摑み、第八回翻訳ミステリー大賞と第五回翻訳ミステリー読者賞をダブル受賞した本書が、文庫化を機にさらに広く読まれることを願って筆を措きたい。

二〇一八年十月

# ジョー・ネスボ作品リスト

◎一般小説（＊は《刑事ハリー・ホーレ》シリーズ）

＊1 Flaggermusmannen（1997）［英版：The Bat, 2012］『ザ・バット 神話の殺人』（戸田裕之訳 集英社文庫 二〇一四）

＊2 Kakerlakkene（1998）［英版：Cockroaches, 2013］

＊3 Rødstrupe（2000）［英版：The Redbreast, 2006］『コマドリの賭け』（井野上悦子訳 ランダムハウス講談社文庫 二〇〇九→集英社文庫 二〇一八）

4 Karusellmusikk（2001）短篇集

＊5 Sorgenfri（2002）［英版：Nemesis, 2008］『ネメシス 復讐の女神』（戸田裕之訳 集英社文庫 二〇一五）

＊6 Marekors（2003）［英版：The Devil's Star, 2005］『悪魔の星』（戸田裕之訳 集英社文庫 二〇一七）

＊7 Frelseren（2005）［英版：The Redeemer, 2009］『贖《あがな》い主《ぬし》 顔なき暗殺者』（戸田裕之訳 集英社文庫 二〇一八）

＊8 Snømannen（2007）［英版：The Snowman, 2010］『スノーマン』（戸田裕之訳 集英社文庫 二〇一三）

9 Det hvite hotellet（2007）

10 Hodejegerne（2008）［英版：Headhunters, 2011］『ヘッドハンターズ』（北澤和彦訳 講談社文庫 二〇一三）

＊11 Panserhjerte（2009）［英版：The Leopard, 2011］

＊12 Gjenferd（2011）［英版：Phantom, 2012］

＊13 Politi（2013）［英版：Police, 2013］

14 Sønnen（2014）［英版：The Son, 2014］『ザ・サン 罪の息子』（戸田裕之訳 集英社文庫 二〇一六）

15 Blod på snø（2015）［英版：Blood on Snow, 2015］『その雪と血を』（鈴木恵訳 ハヤカワ・ミステリ 二〇一六→ハヤカワ・ミステリ文庫 二〇一八）本書

16 Mere blod（2015）［英版：Midnight Sun, 2015］『真夜中の太陽』（鈴木恵訳 ハヤカワ・ミステリ 二〇一八）

＊17 Tørst（2017）［英版：The Thirst, 2017］

18 Macbeth（2018）

＊19 Knife（2019）刊行予定

◎児童書《ドクター・プロクター》シリーズ

1 Doktor Proktors prompepulver（2007）［英版：Doctor Proctor's Fart Powder, 2009］

2 Doktor Proktors tidsbadekar（2008）［英版：Doctor Proctor's Fart Powder : Bubble in the Bathtub, 2011］

3 Doktor Proktor og verdens undergang. Kanskje（2010）［英版：Doctor Proctor's Fart Powder : Who Cut the Cheese?, 2012］

4 Doktor Proktor og det store gullrøveriet（2012）［英版：Doctor Proctor's Fart Powder : The Magical Fruit, 2013］

5 Kan Doktor Proktor redde jula?（2017）［英版：Doctor Proctor's Fart Powder : Silent (but Deadly) Night, 2017］

◎ノンフィクション

1 Stemmer fra Balkan/Atten dager i mai（1999）共著者 Espen Søbye

訳者略歴　早稲田大学第一文学部卒，英米文学翻訳家　訳書『黒いスズメバチ』『ドライブ』サリス，『わが名はレッド』スミス，『アルファベット・ハウス』エーズラ・オールスン，『深夜プラス１〔新訳版〕』ライアル，『真夜中の太陽』ネスボ（以上早川書房刊）他多数

HM=Hayakawa Mystery
SF=Science Fiction
JA=Japanese Author
NV=Novel
NF=Nonfiction
FT=Fantasy

# その雪《ゆき》と血《ち》を

〈HM㊼-1〉


二〇一八年十一月二十日　印刷
二〇一八年十一月二十五日　発行
（定価はカバーに表示してあります）

著者　ジョー・ネスボ
訳者　鈴《すず》木《き》恵《めぐみ》
発行者　早川浩
発行所　株式会社早川書房
郵便番号　一〇一 - 〇〇四六
東京都千代田区神田多町二ノ二
電話　〇三 - 三二五二 - 三一一一（大代表）
振替　〇〇一六〇 - 三 - 四七七九九
http://www.hayakawa-online.co.jp


乱丁・落丁本は小社制作部宛お送り下さい。送料小社負担にてお取りかえいたします。


印刷・星野精版印刷株式会社　製本・株式会社明光社
Printed and bound in Japan
ISBN978-4-15-183701-2 C0197




本書は活字が大きく読みやすい〈トールサイズ〉です。